中公文庫

# 星　戀


野尻抱影
山口誓子




中央公論新社

# 序に代えて

## 二つの星夜

昨年の九月二十五日、台風第十三号は南から日本に近づき、真直ぐ大阪湾を北上するものと予測されていたが、潮岬でぐずついているうちに針路を急に東北へ変え、宇治山田から岡崎へ伊勢湾を斜めに横切った。そのため伊勢湾の潮位は頗る高まった。海べりの私の家は、夕方の五時にはその高潮にとり囲まれたので、私達はその家を放棄しなければならなかった。しかし私達は強い風雨の中を町まで逃れることが出来なくて、途中の、海とは反対側の、土堤下にある家に避難した。その家は間もなく床上浸水をはじめた。裏手にある川の土堤が決潰したからである。私達のみならず海岸に住む十六人の家族はみなその家の中二階に避難していたが、さいわい水はそこまで上って来なかった。私達はその夜一睡もしなかった。その家の主人は時々海岸へ出て見廻って来てはみなに報告した。

「先生のとこは家は残ってますが、えらいことになってます。帰って吃驚《びっくり》しなさんな」私にはそう云った。私は自分の家がどんなにひどいことになっているのか想像もつかなかった。そのうちに、怪しい人影がうろついているというので、まだ午前三時半だったが、みな銘々の家に帰ることになった。

外はすごい月夜で、潮は遠くまで退いていた。直ぐ眼の前に大犬座のシリウスがきらきらかがやき、その上にオリオン星座が勿体ないくらい美しく見えた。

それ等の美しい星座を見たとき、私は台風に生命を脅されたことをうち忘れ、自分の家がどんなにひどい被害を受けていても、堪えられると思った。事実、鎖して置いた雨戸が一枚もない自分の家に踏み入って、高浪の荒らし去ったあとを見たとき、私は自らを失わなかった。星座のひかりはしずかに強く私を励ましたのである。

（そのときのことを私はＮＨＫから放送したが、野尻先生は私が「オリオン星座が勿体ないくらい美しく見えた」と云ったのを聴かれ、その美しさに同感して下すった。）

月越えて十月二日の夜、私は内宮の新正殿へ昇る石階の下に正坐して、遷宮の儀式のはじまるのを待っていた。

気がつくと、私の頭上の、杉の梢が取り囲んでいる円い空に見慣れた星座の一部が見える。すぐわかった。白鳥座の両翼と尾のデネブである。私は隣に坐っている詩人の山本和夫氏にその星座を教えた。

七時には白鳥座の左の翼端の星が見えなくなったが、周囲の星が増え、天の川も白くなって来た。

七時半にはデネブだけになった。

そして渡御の八時にはすっかり見えなくなった。

はじめ南へ向っていた白鳥はその頃には西向きになり、渡御を両翼で迎える位置にあった。

私には、白鳥座が天上から遷宮を守っているように思われた。

私はいさゝか星のことを知る故に、白鳥座につながりつゝ遷宮の儀式を観たのである。神々しいその儀式は、宇宙とのつながりにおいて観るべきものであろう。誰も気がつかぬうちに、私ひとりがそれを為し得たということは何という幸福であろうか。

(その夜に書いた「火と闇」という文章は毎日新聞の翌日の朝刊に掲載されたが、それを野尻先生に送ったとき、先生は私がその文章のあとに附けた「遷宮の空を守れる白鳥座」という句を見られ、日本武尊のことを想い出したと云って寄こされた。)

昭和二十九年五月下浣　西宮苦楽園にて

山口誓子

# 目次

## 随筆　野尻抱影

# 星戀

# 一月（一）

星戀のまたひととせのはじめの夜

初春といひていつもの天の星

寒星を見に出《で》かならず充ち帰る

枯野よりなほ星《せい》辰《しん》のあらはるる

昭和21元日　伊勢富田

茫と見え又ひとつづつ寒《かん》昴《すばる》

天狼の趾《ゆび》かそれとも枯野の燈《ひ》か

春の星馥《ふく》郁《いく》たるも遠からじ
昭和21・三　伊勢富田

海を出し寒オリオンの滴《したた》れり
昭和28・三　伊勢白子

満天の星かがやくに雪降るも
昭和28・七　伊勢白子

# 鯨船吉日

土佐室戸の荒浜、元日の午前三時。

しののめの色は沖にやや低迷しているが、海はまだ黒ぐろとして、空とのけじめは西に低く横たわるカセボシサン（三つ星）の一文字が暗示しているのみである。波の去来も闇の底に音ばかり刻んで、ただ一ところ鯨納屋前の入江の波頭だけが、海風に燃えさかる大焚火の明りに浮き出て、白泡をはい上がらせ、勢子《せこ》舟と網船の列を揺すり、もやい索をきしませている。

焚火を遠巻きにして、多くははでな大漁衣《まいわい》の漁師たちと着ぶくれた村の男女や子供が群れている。そこを離れた砂地にしつらえた台の上には、夜目に異様なまっ黒な大きなものが据えてある。小豆餅に黒い紙を貼った餅鯨である。しかし、人々の眼は、今では近くの網船に集まっている。

網船の上には、松薪の篝火がどうどうと燃え、火の粉を絶えず風下の海へ降りこぼしている。その明りに映えて、松や、注連縄や、十二の重ね餅などの清く真新しい船飾りが、この払暁にすでに新年の訪れていることを思わせ、中にも舳先で、二丈余の青竹が枝々に五色の短冊紙と紅白の餅花をびっしりと飾って、暗い海を背になびいているいさぎよい姿が、人々の胸をはずませる。そして、その間にあちこち動いている網方の人たちはめずらしく羽織姿で、しかし手拭で鉢巻はしている。白扇を持って時々指図をしているのは船主さんだと、焚火の前の一人が言う。

ここで、乗初めの式の始まる前に、星を見上げてみたい。元日もこの時刻となると四三《しそう》ノホシ（北斗七星）はもう北の天頂に大きく横たわり、東の中空にはムギボシ（牛飼座の主星）が華やかな金色に輝いている。ヨナカノミョージョー（木星）も南中に近いであろう。真冬に属する星の群れは三つ星を中心にすでに西に傾いて、それだけ海気に揺られ、強く忙しくきらめいている。中でもアオボシ（シリウス）の性急な瞬きは、三つ星を延長してみるまでもなく、人々の眼をひきつける。ここの海にはめったにないことだが、油なぎの夜だったら、この星は青い光芒をはっきりと水に曳くことだろう。

言い落してはならないのは、西へ落ちかたのオスマルサン（すばる）のことである。東京でいうムツラボシの星一つ一つはもう海気にぼやけて数えられないが、青白い星の塊りは今でもたやすく発見される。そして、この星団が夜の九時（天文の標準時刻）に南のマテンビンに懸かるのが毎年元旦であることは、記憶していいことである。

さて再び鯨船にもどろう。今、網船では艫先のコマオトコが、神酒と、米を入れた桝とを、うやうやしく山神と竜神とに供えて、音高くかしわ手を拍ったあとで、静かにそのサダツ（矢帆を立てる杭）の下に立っている。すでに艫にはオヤジが舵の柄を取って待っているし、アマノカタ（帆柱の支柱）の下には中乗りが座をかまえている。これで用意は整った。網方たちは半ば、火明りにシルエットとなって整列し、浜辺の群衆も息をつめて晴れの元旦行事を見のがすまいとしている。

やがて艫先と艫とで、コマオトコとオヤジとの間に潮さび声の問答が始まる。古風な狂言もどきで、照明は篝火、伴奏は波音。

コマオトコ「艫に申しようござんすか。」

オヤジ「ようござんす。」
コ　マ「今日は天気も良し、月・すまろうのすわりも良し、向うに見えるのは宝の島、宝の島へ宝を積みにまいろうではござらぬか。」
オヤジ「それ、ようござんしょう。」
コ　マ「さらば、これより錨にとりかかりましょう。」
コマオトコ、網船の錨を引き揚げる真似をする。

網方一同「ヤンザエー！」
コ　マ「とおりかじ！」
中乗リ（アイカジを取って）「とおりかじ！」
一　同「ヤンザエー！」
コ　マ「おもうかじ！」
中乗リ「おもうかじ！」
コ　マ「ヤンザ、エー、ヨウソロ！」
中乗リ「ヨウソロ！」

そしてろくろで碇綱を巻き終り、錨が船に上った形になる。コマオトコは錨てこで甲板を三度とんとんと叩く。

これで鯨船の乗初め式は終る。船と岸とでばらばらと拍手が起る。海は目に立って白んで来て、船の黒い輪郭もくっきりと浮き出で、心も改まった人々は、元朝らしい顔を互いに見かわして、賑かに年賀の言葉を交える。

さて私のこの物語は、桜田勝徳氏の『土佐漁村民俗雑記』の報告をもとに勝手にモデリングしたものだが、問答の言葉は記事そのままである。この古風な乗初め式も今は一代前のことに属するが、しかし、この報告で私を満足させた一つの発見は、圏点を打っておいた部分の「月・すまろうのすわりも良し」である。これにより、すまる乃至すばる星が方言化されて「すまろう」となっていること、及び、この星団のすわりが海上の日和見に重要である文献を新たに加えたことである。

面白いことには、他の地方、例えば香川県北小島では、旧正月二日石積船の乗初め式に、船方が同じような形式で問答をやるのだが、上記の言葉は、

「夜前より空を眺むれば、月の出入り星のすわりもよろしく」

云々となっている。（宮本常一氏著『周防大島を中心とした海の生活誌』）

恐らくこれも原形は、「すまる星」のすわりであったろう。日和見の場合に、すまる星の出入りに吹く風を単に「星の出入り」又は「星の入りごち」と呼んでいたことは、例えば、江戸の方言集『俚言集覧《りげんしゅうらん》』に、

「十月頃吹く東風（又東北風）を星の入り東風（ホシノイリゴチ）或は星の出入といふ。

夜明に昴星西に入時吹く故に名づく」

とあり、また『物類称呼《ぶつるいしょうこ》』にも、

「伊勢国鳥羽或は伊豆国の船詞に……十月中旬に吹く北東の風を星の出入といふ、夜明にすはるの星西に入時吹也」

とある。これから推して、単なる「星のすわり」も、「すまる星のすわり」であると判じていいと信ずる。これは星の学徒としての小さい発見の一つである。

# 一月（二）

星のかず枯木があれば増《ふ》えにけり

空林に入りて寒星ふりかぶる
昭和21一・七　伊勢富田

上天に寒のオリオン楽奏す
昭和24一・一〇　伊勢白子

こがらしの通れるのちに星を懸け
昭和28一・一二　伊勢白子

天星の冷え甃《いし》坂《ざか》に立ち停る

昭和15一・上旬　長崎

江上に寒星すべてうつし得ず

夜の畑《はた》旬日雪ををらしむる

昭和20一・一二　伊勢富田

火星なほ燃えて春《しゅん》天《てん》明けゐたり

昭和21一・一五　伊勢富田

# 雪催い

松の取れた日の午過ぎで、道ばたにはよごれた雪が残っており、また降って来そうな雲が低かった。私は渋谷の駅前にあった明菓喫茶店の二階で、磯貝勇君を待ち合わせていた。少し前に電話で、「やあ明けまして。今しがた奥多摩の民具採集から帰ったばかりで、ええ、えらい雪でした。すばらしいお土産があるので、会いませんか」と言って来た。

私はすぐこの土産を星の新奇な名だと判断した。この若い友人は上京するずっと前から、機会さえあれば星の方言や伝説を探って、私に報らせてくれていた。

この喫茶室は、星のことでも幾つかの思い出がある。新惑星プルートーが発見されたあと、ふと冥王星という訳名を思いついて、その晩もここで落ち合った英文学者小田律君に話したら、「それはうまい名だ。一日も早く発表すべきですよ」と熱心に勧めてくれた。

そのこともこの亡友と結んで忘られない。

そういう中でも磯貝君はいつも、少くとも二つ三つの星の方言を持って来てくれた。たしか、その前の年の暮れだったろう。酒は一滴もいけない人で、そんな席でも歌うのを聞いたことはないのだが、ここでコーヒーを飲みながら、奄美大島生まれの友人から聞いたという三つ星の俚謡を話してから、それを微吟しはじめた。

　夜なかミツプシャ見ちゃる人《チュ》やうらぬ、
　吾《ア》ぬど愛人《カナ》忍ので行ぢち見ちゃる。

　その当時私はまだ沖縄地方の俚謡はあまり知らなかったので、これにはまったく驚いてしまった。まわりが騒々しくて、時々聞きとれなかったが、それでも南国情調というか、何か甘悲しいものが漣のように伝わって来て、雲母刷のように明るい空からミツプシが熱っぽい眼で瞬きささやきかけている夜景を、空想したほどだった。

　その雪催いの昼にも、私はたぶんこの唄を思い出していたことと思うが、やがて磯貝君ががっしりした体軀で昇って来た。

　コーヒーを飲む間もなく、話しはじめたのは、果して雪の深かった檜原村川乗で猟師から聞いた星の名だった。その七つの中に、私が木更津から入手した羽子板星（すばる）や、諏訪地方でいう釣鐘星（ヒヤデス星団）が、府下の山地にあったのにも驚いたが、すばらしい山土産というのは、「皮張り」という何とも奇抜な名だった。

　猟師の説明では、冬の夜明け前の三、四時ごろ、南の方に出る四辺形の星で、炭焼きや馬方が時を知る星だという。幾分あいまいなところはあるが、時刻と方角から考えて、たしかに烏座の梯形にちがいなかった。

　しかし、どうして「皮張り」などというかと尋ねたら、むじなの皮を剝いで、板壁に張り、四つ足を釘で留めた形にそっくりだからだと答えた。「どうです、すばらしい名でしょう」と、磯貝君は目を輝かせて言った。

　私も、これには文句なしに唸ってしまった。星の和名は主として農村漁村から生まれたもので、従って単純素朴な名が多いのだが、これはまた余りにも荒削りで、貧しい山民の生活をむき出しにした名だからだ。

　私は南アルプスの初期の登山者の一人で、野呂川谷の樵夫小屋には度々泊ったことがあるので、皮張りのいわれから、そういう小屋の情景がいろいろ目に浮んで来た。——夏だったが、入口にも戸がなく、夜霧が流れこんでいた。囲炉裡に絶やさないほた火の焰が時々のびて低い棟木の煤を舐め、ほろりほろりと燃えだすと、樵夫はあぐらのまま長い棒きれでそれを搔き落していた。ジプシーのような深い目つきの娘が、逞しい足を前へのばし、指に藁を引っかけて、夜なべの縄を撚っていた。

　むじなの皮は、私は見なかったが、猟師はそれが、たいてい番《つが》いで冬籠りをしている洞穴へ、簑をかぶって後じさりで這いこみ、夫婦が怖がって、しまいに穴の口へ出て来たところを、待ち構えていた仲間が棒を喰らわせ、捕まえると話してくれた。

その小さなけものが皮となって、ほた火明りのちろめく荒い板壁にはりつけにされ、短い四つ足をひろげているのである。外は寒月か、それとも雪女郎ののぞく夜か……。ともかく、その姿を夜明け前の星に見いだしたこの感覚を、何と言ったらいいのだろうか。こんなにもわびしく、寒ざむとした星の名は、私のノートにもこれが最初で、また最後のものだった。

それに私は後日、能登の漁夫から、同じ星の梯形を帆かけ星といい伝えていると知らされ一そうこの感を深くした。これは若葉の夜となって、ひっそりとすべって行く星の帆影である。同じ星が山民の目と漁民の目とに映るのでは、何という極端な対照を見せることだろう。

それはそれとして、すばらしい山の土産には違いなかった。私は大に礒貝君に礼を言って、共に外へ出た。果して、粉雪がちらちらと舞いはじめていた。

# 一月（三）

形整《ただ》しき星座より星流る
昭和27一・一五　伊勢白子

寒《かん》昴《すばる》猟《さつ》夫《を》その犬といふ順序に
昭和27一・一七　伊勢白子

夜の梅に懸るは雲か星雲か

夜の梅星座の移行狂ひなく
昭和27一・二一　伊勢白子

冬の川金星うつすやさしさよ

金星と月と懸りて雪照らす

潦《にはたづみ》乾きて寒の月がさす

昭和20一・二三　伊勢富田

雪嶺見て歩くうちにも日は暮るる

ぽつとりと寒の金星犬吠ゆる

昭和21一・二九　伊勢富田

## 星戀

まだ登る機会を得ない久恋の山や、嘗て登って苦労もさせられた山の影を、思いがけない処で遠い地平の果てに望み得た時の喜びは、岳人の誰れもが言うことである。私も東横線が初めて横浜まで通じた年の冬の朝、綱島のあたりで、西の秩父連山と丹沢山塊との断れめに低く、朝日に映えている雪嶺を発見し、これが甲斐の白峯であることを確かめ得た時には、胸の躍るのを抑えきれなかった。

北へ緯度の高い土地から南の星を恋うる気持にも、この山へのあこがれに通じたものがある。見えぬ星、たとえば南十字星を、春の帆かけ星の南中を仰いで、あの直下の地平線の彼方で同じく今ごろ黄金の十字を直立させているのだなど思うのもそれだが、更に南の果てに低く輝き出て程なく沈んでしまう星となると、なまじ見えるだけに、喜びと共に遣るせない思いをも誘われるのである。

それに山々がその地に常在であり、一日二日の旅行で眉近く仰ぐことも出来るのに対し、星となると、それに堪能するまでには遥ばると南下しなければならないし、また遠い姿をかい間見せるにしても、一年の間の限られた時のみに過ぎない。それだけに星へのあこがれは強く、満たし得た喜びは深いのである。

英国の緯度では、南魚座の一等星フォーマルハウト、漢名の北落師門は、地平線から八度ほどの高さに見える。且つ、あたりに目だつ星がなく、ぽつりと孤光を点じているのも手伝って、星を愛する人たちの間に、南へ思いを馳せさす星となっている。これを、暮れて行く山々の一峯に紅くちろめくアルペングローに喩えた人もあるし、米国には、幌馬車の時代、大草原の深夜にともる豆のような灯影に形容した人もある。

日本の緯度では、アルゴー座の主星カノープス、南極老人星がこれを代表する。しかも東京では高度漸く二度、一月下旬からきさらぎ寒の頃、南の地平のそれも町明りがなく、また濛気の少い夜でない限りは見ることは出来ない。南方では青白い爛々たる超一等星だが、ここでは火星のように赤ちゃけている。そのため昔、洛陽長安の天文博士が延寿の星、天下泰平の兆と見たのに対し、東京近海から遠州灘へかけては、房州布良《めら》の漁師が二月の荒天に沖で死んだ執念の火と見、暴風の兆としている。

嘗て私の老人星の放送を聞いた下総佐原の大学生は、その夜利根の堤でこの星を発見し、喜びの余りにバットの函に星明りでスケッチして、送ってよこした。また朝鮮陶磁器の鑑賞で有名な浅川伯教《のりたか》君は、高島屋で蒐集品の展観を催した時、説明を待っている群衆をそっちのけに蟾津江《ソムジンガン》の上流智異《チ リ》山の古寺で初めて見た老人星の話を熱心に私に聞かせ、老僧がこの星が谷間の低い空を渡る際の印象を、拳をもぐもぐ動かして話したという手つきまでもやって見せてくれた。そして、古い済州島の昼の、空に赤い老人星を描いたものを送ってくれる約束で別れたが、十年もたってそれを持参してくれた。

私のところへ、一年にわたる観星日記を送ってくれていた信州更級の某夫人は、三月の夜、老人星を見つけようと、わざわざ大屋根に登った。その日記を引いてみる。

「八時、梯子は氷りついていて、びくともしないのに、いくじなく足のふるえるのを踏みしめ踏みしめ上る。泥棒猫のように身を屈めて、そっと瓦の上をわたりながら、一番高い場所を物色する。木の枝の邪魔がなく大崎街道の見晴せる場所に、髪は大屋根の萱葺きにふれるくらいに高い際に立って見ると、スカイラインは眼の位置より大分低くなっていた。けれど鞍かけ星（老人星を発見する規準の星）までは一面ぼんやりしていて、π星がかすかに見えるだけ、外には一つの星も見えなかった。……」

また、或る夜の日記にはこう書いてあった。

「八時……南門の前通りまで来て何気なしに向うを見ると、その開いた口から真直ぐの大崎の上に、大きな赤い星の光っているのが、ちらと目を射た。その瞬間、カノープス（老人星）だと思ったが、いいえ、カノープスじゃない。手がかりのシリウスはもうあんなに西へ行ってしまっている。でも、たしかに星だ。誰も見たことのない新星かも知れないなどと、終いにはこんなことまで本気に考えた。大崎道の真上にすれずれに見えていたその光——丁度上り際の木星ぐらいの大きさで、火星のように赤いその光は、次の瞬間には見えなくなってしまった。しかし頭をちょっと動かすと、又見えた。……

まだ静まり切らない鼓動を感じながら見ていると、その光は、時々見えなくなったり、又見えたりしながら、ほんの徐々にだけれど山を下って来る。それから三十分もした頃、浅野山の炭焼が親子四人連れでお湯に入りに来た。さっきの星の光と思ったのは、この人達の提灯の明りだったらしい。」

あこがれの星影と見たのは、遠くから自分の家へ風呂を貰いに来る提灯の灯だった。これだけでも句になると私は思ったが、更に提灯の主が炭焼の親子連れなのは、いかにも信濃の山村の寒夜情景らしくて、しばらくは私を陶然とさせてくれた。

そのほか、天草で「星むすめ」と言われている少女は、屋根に登ってこの星を見た喜びを報らせて来たし、岳人の某君は東京近在の秋山で夜明けにこの星を見た度々の思い出を詳しく書いて来た。それにも喜びは溢れていた。

理窟をいえば、これは単に緯度の相違から来るロマンティシズムに過ぎない。しかし、私はこの星を恋うる心を、次ぎの世代にも伝えて行きたいと思っている。

## 二月

寒《かん》星《せい》の天の中空はなやかに

昭和20二・二　伊勢富田

寒オリオン四隅の星に雲懸る

寒雲と会ひ颯颯とオリオン過ぐ

昭和27二・九　伊勢白子

雪解けの道乾きたり星も出で

昭和20二・一二　伊勢富田

寒月に昴《すばる》のうすれ無惨なり

昭和21二・一七　伊勢富田

オリオンの角《かく》婚礼の夜は暖《ぬく》し

昭和22二・二四　伊勢天ケ須賀

# 早春

下総の手賀沼《たがぬま》へ、友人の鴨射ちに同行した時の話である。二月の末だった。前の日の夕がた沼べりの村に着いて、暮れるまでの間をあさり歩いた時には凍雲が低く沼面に垂れて、霰さえもこぼし、遠い真菰原からの鴨の声も、友の肩の銃が鈍く光るのもわびしかった。けれど、泊った家のだだ広い床の間には、高さ一間にもあまる梅の大枝が投げ挿しになっていて、一ぱいにつけた花の香いが、床に就いてからも息苦しいほどだった。

夜が明けると、けろりとした好晴の日となっていて、しかも春のように暖かった。私たちは大喜びで、宿の主人の案内で、小川から沼舟を出した。

周り四里という細長い沼べりの、まだ狐いろの低い丘陵や松林、布佐《ふさ》、木下《きおろし》、湖北などいう村々の灰いろの家根も、沼の中へつき出ている白茶いろの真菰の岬も、昼霞の裡にあわく煙っているし、気がつけば、舟べりのこすれて行く沼川の草土手にも、柳の枝が芽ぶき、蕗《ふき》の薹《とう》がちょぼちょぼと頭をあらわしていた。

沼へ出ると、岸から遠くないところが小舟で賑わっていた。村の娘や子供たちが、篠竹で田貝《たんけい》（からす貝）を釣っているので、しがない生活のしろになるものだが、たえず笑いさざめいている。覗いて見ると、私たちの舟の影にも、浅い沼底の、藻草のゆるく靡いている間に、まっ黒な大きな貝がいくつとなく上向きに口を開けて立ち、われから篠竹をくわえさせられるのを待っているようで、思わず笑いたくなる。真似をしてみて濡れた手にも水はぬるんでいた。

沼の心へ出たところでは、鰻かきがあちこちで、忙しく舟をかくりかくりと傾けては鰻を上げている。そのたんびに光るやすの濡れいろにも、漕ぎまわる舟の先き先きへしぶきを立てては沼づら低く移って行くもぐりっちょ（かいつぶり）の小さい黒い首にも、もう寒いかげりは感ぜられなかった。そして櫂を使う宿の主人が、このどこまでも浅い、ひらたい、明るい沼の底に、大きな白牛の主が棲んでいると話してくれたのは、私たちを更にのどかにしてくれて、舟べりをたたいて歌ったり、寝そべって霞む空へ煙草の烟を吹き上げたりした。昼になると、その空には牛鍋の煙が香ばしく立ちのぼっていた。

けれど猟は一向に振わないで、不運なもぐりっちょを追い廻すのがせめてもだった。午後も遅くなって遠く出ていた鰻かきに教えられて、ようよう一羽真菰原へ射ち落し、泥深い細い水脈《みお》の奥まで舟をおし入れてそれを拾ってから、沼面へもどって行った。

　こうして、朝出た川じりまで近づいた時には、対岸の木立に大きな朱盆のような夕日が落ちかかり、それと共にいつか風立って来て、沼づらは目に立って騒ぎはじめていた。大空から沼一帯を染め出した夕焼けは、舟の平底にばちゃりばちゃり寄せる波のうねうねにも紅く流れて、めらめら冷たい焔のように燃えていたが、それもじきに色がさめていった。

　その時私はふと、笛を吹くような音を耳にした。初めは途ぎれ途ぎれだったのが、次第につづく時間が長くなった。時にはどこかで鳴いている鴨の声かとも思ったが、それは、川じりの真菰原と、出はずれた沼のそこここに鰻をおびき入れるぐれ（防簾）が取り廻してある、その低い竹のうそぶく音だった。虎落笛《もがりぶえ》である。

　聴いていて実にわびしい音いろである。甲州にいた頃、初冬が来てくずれた葡萄棚の竹に甲斐ケ根颪がこの笛を吹くのを聞いた記憶はあるが、この暮れて行く沼に聞くような蕭条たるものではなかった。

　やがて川をわずか上って、舟を捨てようとした時、振り返って見ると、対岸の夕日はもう落ちて、後のつめたい水浅黄の空に、初めは早くともった村の灯と思ったほどの低さに、ぽっかりと宵の明星が輝いていた。

　この星一つを点じて、手賀沼は一気に寒ざむとした味気ない古沼にもどっていた。早春の息がその光に凝り、そこから水のようにひろがりかぶさって来るようで、私が舟底から取り上げた鴨のむくろの冷たさも、さっきまでのものではなかった。

このごろになって、私は『新歳時記』の中に、

夕づつの光りぬ呆《ほ》きぬ虎落笛　青畝

の句を見出して、久しぶりにその二月のたそがれのことを思い出した。

## 三月

いづこにか蟇《ひき》の鳴くころ碇星《いかりぼし》
昭和24三・四　伊勢白子

七星のうすれてかかる春の霜

西天に火星燃えつつ春の霜

春の霜消えざる何の星のもと
昭和21三・八　伊勢富田

名を知りて後《のち》星の春立ちにけり

散策に春夜の北斗擡《たい》頭《とう》す
昭和21三・六　伊勢富田

寒月のすさまじき蔭材《き》を置きて

星懸る空を寒月明るうす
昭和24三・九　伊勢白子

閂《かんぬき》をさすむんむんと春の星
昭和20三・一四　伊勢富田

春はカシオペヤたしかに椅子に坐るもの

春夜更けこの一寸に電波混む
昭和28三・一四　伊勢白子

# 春星三五

天狗巣《てぐす》が出来て間伐したり、空襲で一部が焼けたりして元ほどではないが、それでもこの住宅地の桜並木は、東京近在でも珍しい花の長トンネルになる。種は染井吉野で、紙のような白い花を志賀直哉氏は好かないと言い、花時にはわざとのように宅へもあまり見えない。私も二三分咲きの頃か、長い赤い蕚《がく》に若葉がまじり出す頃の、それも朝雨が上がった後の眺めを好む。けれど満開の時分でも、春暁で花がまだ清く冷えしずもっている間や、夕日影が梢の花一めんにほの紅くためらっている時の景色はさすがにいい。また更けてから独りで夜桜の下を表通りから裏通りへ一まわりすることも、毎年床に入る前の楽みである。

表門の上に高く、たわわな花を傘のようにひろげている大木の、二またに岐《わか》れた枝の間に北斗七星がそろってうまく挟まり、誓子氏の

花更けて北斗の杓の俯伏せる

の句そのままなのも、毎年門を出がけに見上げる景色である。

また、往来へ降りると、近い四つ辻の常置燈の光で、一ところだけに満開の花がまっ白に浮き上り、低い花の影が上枝の花の面に段々に映って、やわらかな明暗を重ねているのも、その横町の暗い地面に白く、はくれんの花が散りしいて見えるのも、永い戦争の間にも、年々変りはなかった。

植込みに奥まった家が多く、宵の口から森閑と閉ざしてはいるが、まだどこともなく人声が洩れているのはさすがに春の夜である。それでも、下駄にもステッキにも音を立てないようにして舗道を行くと、昼間はあまり気づかない花の香いが、冷えびえと降りて来る。もう西に横一文字になった三つ星が時々花の木透きに見えつかくれつ、自分と同じ方向へ動いている。それを子供のような楽しい不思議な気持で見ながら行く。「われ行けばオリオンも行く花がくれ」幼い句だが、よく人に書いてやった。

こんな晩、月があると、頭の上は明るい花の天井になるが、しかし逆光で反って一めんにほの黒い斑になって見上げられ、それを漉《こ》してそそぐ月光が舗道の面に明暗のアラベスクを描いて眼鏡をちらくらさせたり、時に下駄をまごつかせたりする。月のある方が花冷えの香も濃くまた重いような気がする。むろん花のひまの星影はとぼしいし、さもなくとも星を見るとなると、桜並木を抜けて、開豁《かいかつ》な畑地へ出はずれなければならない。

そこで堀川の木橋の上に立って、朧夜の星を見ている間に、いつも思い出すのは夏目さんの『草枕』の中の、旅の画師が覇王樹《さぼてん》のある寺の石段を上って行く章の書き出しである。「山里の朧ろに乗じてそゞろ歩く。観海寺の石段を上りながら、仰数《あおぎかぞふ》春星一二三と云う句を得た。」

すると、あの春星を数えるとすると、どれだろうと空を見わたしてみる。

今ごろ星が多いのは西の空で、そこではオリオンの三つ星を中心に、まだ冬の星が残っているし、西南にはシリウスも輝いているが、もう天狼の漢名のどぎついきらめきではなく、朧夜の大気の奥にとろりとして、揃って用ずみの背を向けてじりじりと西の地平線へ動いて行く。能が一番終った後、地謡いや囃子が行儀正しく、そろりそろりと橋がかりへ退いて行くのを見送るような感じである。

名ある星春星としてみなうるむ　　誓子

春星の天狼軀《からだ》暗くして

の句は、みなこの感じを言い得て余すところがない。

そこで、こういう冬の名残りの星に背を向け、「仰ぎ数う」にこだわれば、まず南に高いそして疎《まば》らでもある獅子座の星々が春の星であろう。早春のころ、北斗の大熊と背中合せに東から昇り始めた当時は、きおい猛《もう》に空へ駆け上る荒獅子の運動感もあったのが、今では天頂近くおさまり返った姿で、祭の練物か何かのようにゆっくりと動いているという印象である。その主星レグルスの白い光も春宵にはふさわしい。

この他では、真東に昇って間もない、そして銀の小桜模様の一片のような乙女座の星と、またほぼ同じ高度に北東の空で華やいだ金に輝いている牛飼座の星、それらと近くのぬか星とが春星一二三と数えられるだろう――などと思ってみる。

春の星眼にしむこともなかりけり　誓子

やがて私は肩の夜露に気がついて、再び舗道へと引きかえし、裏通りの、そこは狭いだけに梢も高く、花も密に、こもる香いも濃い道を、一まわりして門に帰りつく。

門をおろしながら桜を見上げると、北斗は枝のまたから左へ、花の中へずれて、後に三つだけ柄の星が覗いている。その柄の指す向きには、往来の花の下枝をはずれて、牛飼座の星がさかしげな金の眼を瞬いている。

ここで私は自然に誓子氏の

門をさすむんむんと春の星

の句を思い出す。「むんむん」の気分音は、むずと季節の呼吸をつかんでいる。小夜更けた春の星をこの端的な言葉で捉えたのはすばらしいと思う。氏の一月の句に、

春の星馥郁たるも遠からじ

というのがある。まだ予想の間は馥郁だが、当の星と面とぶつかったのでは、正に蒸せっぽいむんむんである。深閑と更ける闇のうちでも、万象のふくらみ、芽ぐみ、伸びる息づかいと、さざめきとは感得される。花の香とそれとに大気は飽和し濃い酒のようになって、その奥に霞む星をむんむんたらしめている。私が今ごろになると、いつも思い出すのは、謡曲『田村』で覚えた「天も花に酔へりや」の名句である。

さて私は、沈丁花の高い香いに顔をうたれながら玄関まで歩くのだが、ふと足をとめて庭の菜園の方へ耳を澄ましてみる。すると、そこの濃い闇の底から、時々低い口ぐもり声が聞えて来る。果して、今年も「蟇六《ひきろく》」が冬ごもりから這い出て来たのだと、私は暗い中で頷いて戸を開けるのである。

## 四月（一）

名ある星春星《しゆんせい》としてみなうるむ

春星の天狼軀《からだ》暗くして

昭和21四・三一《(ママ)》　伊勢富田

春の星眼にしむこともなかりけり

漁《いさ》り火と遠さおなじく春の星

昭和21四・一　伊勢富田

家の灯のごとくに懸る春の星
昭和21四・九　伊勢天ケ須賀

猫の戀天に狼星懸りゐて

猫の戀昴《すばる》は天にのぼりつめ

この月夜いつか見たりき猫の戀

星はみな西へ下《お》りゆく猫の戀
昭和21四・七―一〇　伊勢富田

# 紅ぼくろ

長谷の大仏境内の桜は満開だった。茶店の腰掛で子供とくず餅を食べている赤毛氈の上にも花びらが舞って来た。気がつくと、近いところに印度人の若い夫妻が彳《たたず》んでいて、大仏の横顔をしきりと見上げている。うららかな春日の中で、そのレモン黄の更紗のかつぎにも花びらが時折り舞っている。端正な鼻すじで、大きな眼が黒々と深い。ふと、私は或ることを思い出してその妻の顔がこちらへ向いてくれるのを待っていた。

間もなくそれがまともに向いて、夫と何か笑いながらのどかに歩いて来る。予期の通り、眉間に鮮かな紅ぼくろを描いていて、私が画だけで知っていたベンガルの女の面飾を目のあたりに眺めさせてくれた。腰掛の前を過ぎると、またレモン黄の後ろ姿となって歩み去った。

こういう描きぼくろに私が興味をもち始めたのは、漢訳の経典、たとえば舎頭諫《しやず》太子経とか摩登迦《またんが》経などの星の比喩にこれが屢々《しばしば》現われていて、熱国印度のエグゾティシズムに酔わされていたからである。

それらには、二十八宿の角宿《かくしゅく》のスピーカ、亢宿《こうしゅく》のアルクトゥールス、参宿《さんしゅく》のベテルギュースなど、すべて一星を、「婦女の黶《ほくろ》の如し」と形容している。これが人間が持って生まれる、黶の字にも現われている黒子の意味でないことは、「婦女の」と断わってあるのでも、更にまた宿曜経に「額上の点の如し」と記してあるのでも、眉間の紅い描きぼくろであることは明白である。

これに使う顔料はクムクムである。曽て多摩美術で油画を学んでいた娘を通じて、逸見《へんみ》梅栄《ばいえい》博士に教えを乞うたところ、クムクムは、サフランの蕊《しべ》をカンフルに溶き、白象の糞を混ぜたもので、既婚の婦女は毎朝洗面の後、これで額にほくろを描く。すると、カンフルが皮膚にしみて涼しい。但しこれは宗派により、いろいろの描きかたがあるということだった。

娘は聞きもらして来たが、或いは描きぼくろも紅ばかりでなく、キューテックスのように、ほかの色もあるのではないだろうか。青や緑や金銀があってもよさそうである。たとえば、黄橙色のアルクトゥールスとかベテルギュース、特にも蝎《さそり》座のアンタレースの、漢詩で「鶏血を滴らす如し」と詠んでいる色は、クムクムに最もふさわしい。——但し仏典では、これを挟む二星と結んだ謂ゆる心宿三星を「形大麦の如し」としている。乙女座のスピーカなど、白サファイヤ光の星は、紅ぼくろでは受けとりかねる。話は少しちがうが、アラビヤ人は、カシオペヤ座Wの五つの星をヘンナで爪を赤く染めた指と見ている。マチスの描くハレムの女がこれである。

こんなわけで私は、初夏の南東の地平に、アンタレースが紅一点をこらして昇るのを見ると、屢々ベンガルの女の面飾を連想する。更にひいて一時は、ヴェネチヤの女のすなる紅の乳首にまでも及んだが、これでは奇抜に過ぎる上に、赤い二つの星でなければならなかった。

図らずも私はその正の紅ぼくろを、この春昼に目のあたりにしたので、大に満足した。それから長谷の観音の花へ子供と向いながら、大仏をちょっと振り仰いで、スピーカの清浄な白光は、やはり仏の眉間の白毫《びゃくごう》に喩うべきだと思った。そして途々も、いつぞや中村丘陵氏の楊貴妃の画で見た眉間の紅い落梅粧や、正倉院御物鳥毛立女屏風の樹下美人のそれなどを思い出して行った。

あの美女の場合は、紅ではなく白緑で、それに四つの点が菱形にならんでいる。星ならば初秋のひし星に喩えていい。或いはむしろ、オリオンの大星雲を望遠鏡にとらえた時の、朧ろ銀の蝙蝠《こうもり》の形の頭部に、四粒の真珠を象嵌したような四星こそそれだろうなどとも空想したりした。

私は自然に、こういう支那の落梅粧、広義でいう花鈿《かでん》と印度の紅靨《こうえん》との間に何か連絡があったか否かを考えずにいられなかった。落梅粧の起原は、宋の武帝の女寿陽公主が人日の昼、含章殿の簷《えん》下にうたた寝をしていた折、春風に散って来た梅花が額にはりつき、三日も取れなかった。それを奇として、宮女の間の時世粧となったというのだが。

春の日脚は遅々としている。子供に促されながら、観音のくえかけた石段を登って行くところで、降りて来る夫妻と再びすれちがった。やはり額上の点はアンタレースだった。

# 四月（二）

花更けて北斗の杓の俯伏《うつぶ》せる

昭和2四　京都

停電の夜にて地蟲のなきいでつ

地蟲なきそめて海の星山の星

昭和21四・二五　伊勢天ケ須賀

蓑《みの》蟲《むし》庵《あん》

楣《び》間《かん》の書みな暮れ春の星ひとつ

春の星海に見なれてけふ伊賀に

昭和18四・二九　伊賀上野

# 山峡暮春

甲州の春は想っていたよりも早く来た。既に二月の半ばでさえ、月の晩、甲府の郊外湯村の厄地蔵の縁日に、ガタ馬車で出かけた時の日記を見ると、……宵宮《よみや》の小さい村。おでん、甘酒、名物かや飴、繭玉、辻占などの店々。かんてらの灯と油煙。ざわめき、髪油の香。温い晩で、ほうそうの痕がむず痒い。とある。月の光もぼうと煙っていた。

彼岸が過ぎて、白峯農鳥山《のうどりやま》の雪のひたいに、この山名の由来である鳥の姿がそろそろ現われて来ると、その頃よく、県庁前の桜は東京よりも十日早いといわれていた老木が咲きはじめ、次いで北巨摩の山地、山高の神代桜《じんだいさくら》の花信が新聞にも載るようになれば、土地の人たちは一気に春気分になって、ついこの間まで甲斐ケ根颪《おろし》におびえていたのが、まるで嘘のようになる。

市の中心にある旧天守台の頂に登ると、方十六里の甲府平をめぐる山々はまだ雪まだらながら、昼霞にやわらかいコバルトにぼかされ、その裾をふちどる段丘には麦畑の緑の間あいだに、蓮華田が紅を、菜の花が明るい黄をべっとりと塗っている。私はよく同僚と、竜王あたりの菜の花を見物に出かけ、川原雲雀《ひばり》のしきりに囀《さえず》る釜無川の堤で、ゆで玉子をむき、ビールを飲んで遅々たる春日を遊び暮したものである。

東京へ引き上げた春の一日、別れを惜しむ師範訓導の浅川伯教君に誘われて、北アルプスの一部が遠望できるという湯村の裏山へ登ったことがある。そこの日だまりの丘腹には、山梨の大木が細かい花を一ぱいに咲かせていて、それに無数の小あぶが聚《あつ》まり、わんわん翅を鳴らしていた。

尤も、夏でも夜半にはかい巻を掛けずにはいられない山国のことで、急に冴え返る日はめずらしくない。これを土地で昔から「木《こ》の股裂《またざ》け」と言っていた。陽気でぬくまっていた樹々が、気まぐれの俄か寒気に凍って、枝の股がひび割れる意味である。私は初めてこれを聞いた時、季語としてすばらしかろうと思った。そして、一しょにカフフ吟社というのをやっていた飯田蛇笏《だこつ》君や秋山秋紅蓼《しゅうこうりょう》君に、これを中央俳壇へ推薦してみてはどうかと言った記憶もある。

さて、その頃オリオンの三つ星は横ざまになって、一晩は一晩と早く白峯間《あい》ノ岳の尾根へ入って行った。この連峯は当時まだ甲州では閑却されていたのを、私は入峡すると間もなく土地の新聞に随筆「甲斐ケ根」を連載したり、中央の「山岳」へ、草分けの登山紀行や、農鳥や裏富士の豆蒔き小僧の残雪のスケッチを寄せたりしたので、いつか「白峯」と私とはシノニムのように人々にも言われ、自分もついその気になっていた。

その白峯へ、これも中学生の昔からすっかり自分の所有ときめこんでいるオリオンが夜々沈むのである。或る晩それを眺めている間に、私は何か妬ましさを感じたのである。誇張ではない。若いということは他愛もないことである。

オリオンが宵にも見えなくなる頃は山国も新緑になる。東京へ往復する汽車の窓から谷間の懸崖に、山藤の花が見事な房を垂れているのが見下ろされたりする。五月、八十八夜となると、農鳥は尾が消え、足が消え、しゃものように痩せて来る。そして、それと向い合いの裏富士の中腹に大きな「豆蒔き小僧」が富士おろし(笠)をかぶって鮮かに現われはじめる。農夫たちは畑打ちの鍬を休めて一服しながらそれを見上げることだろう。

この頃山地からは、しゃくなげの枝を売りに出て来て、甲府の大かたの家々はこの爪紅《つまくれない》の莟《つぼみ》の枝を投げ入れ、暮れ遅い食後の散歩にも、あちこちの店先にもう咲き出したこの花を見かけるようになる。

特に私には、五月の十日、二十三歳の英語教師として行李を解いた宿の四畳半の床柱に、しゃくなげの花の枝を発見したので、その思い出が深い。また同じ下宿の図画の教師がこの花を写生するのに、萼の頭を濃いクリムズンに塗ってから、筆に水をたっぷりと含ませ、その色をぼかして行くのも、厚い葉の表ての緑に対して、裏をイエロー・オーカーに塗るのにも、そばで見ていて、画かきは楽しいなあと思ったことを忘れない。

　ずっと後、九段の春の大祭に、甲州国師ケ岳のしゃくなげとふれて、まだ萼のかたい枝を牛込見附の石垣におびただしく立てかけて売っていたし、また、五月の何日か、甲府稲積神社の祭礼にこの鉢植えの店が並ぶので、田中貢太郎君がわざわざ買いに出かけたという話もじかに聞いて覚えている。そこの境内ではその頃、池のほとりで柳のわたがさかんに飛んでいた。

　その植物も近年は、地元の昔の生徒に頼んでやってももう手には入らなかった。そして、甲府は戦火で荒涼たる焼野原になってしまった。そこの春は、暮春は、新緑は、まぶたのうらに残っているのみである。しかし、大自然という画家は今年も残雪の峯々に昔にかわらぬ空想的な画を描き出していることだろう。オリオンは今ごろ甲斐ケ根の一角へ横ざまに、黙々として沈んでいることだろう。文字通り国破れて山河ありの感慨は、今年あの山峡の暮春に極まっていることだろう。

# 五月

清水谷

薔薇熟《う》れて空は茜《あかね》の濃かりけり

薔薇垣の夜は星のみぞかがやける

春月の照らせるときに琴さらふ

昭和7五　大阪

栴《せん》檀《だん》の嫩《わか》葉《ば》のゆふべ星ともる

昭和21五・一六　伊勢天ケ須賀

新樹の夜星はしづかに飛びはじむ

昭和24五・二六　伊勢白子

## 一　池の星

花はもうまばらにしかつけなくなったが、父の代から庭のぬしになっていた梅の老木が、去年の台風でまっ二つに裂け、残る幹の半分が見る影もない姿になっていたのも、その後燃料の補いに、地境いの檜の列と共に、とうとう伐ってしまった。その代り、しろと作りの菜園には日当りがずっとよくなった。

その切株の根方に、一坪ほどの古池がある。或る晩私は星を見に出て、宵闇の底にほの光りのしている池のそばまで歩み寄った。梅雨も近く若葉もとうに老いて、夜の大気にもひと頃のような豊醇な香いはなかったが、空の星はもう夏の配置で、一めんに爽かにきらめいている。

果して池の水には星がいくつも映っていた。以前には二つ三つしか映っていなかったのに、これも期せずして庭のぬしが残してくれた贈りものかと思いながら、私はそれを眺めた。

中に金色の大きな星がまざっている。星には光と色とで、個性——といって誇張なら、少くも顔がある。ひと目で何の星とわかったのだが、こんな時そういう知識は反って興醒める。漫然と池に沈んでいる星、それを見ているだけでいい。そして、池は闇の底で、水面だけ黒檀のように上光りがしていて、深浅は消えている。空の無限の深さと同じ深さに星を沈め、そして空にあるよりも鮮かにきらめかせている。

闇の中では、これは半碗の水でも同じことである。私は卓上に、船底形の池のある佐渡の青石を置いて、毎朝井戸の清水を湛え、ペンを運ぶあいまにもその青瑪瑙《めのう》のような濡れ肌を愛で心をしずめている。これを星池石というのも、とどいて来た夜、庭に抱え出して、七夕ちかい織女のさやかな影を映したためで、その浅い池さえ底も知らぬほど深々と見えたのである。

そうして池の星を眺めていて、私は愛誦する劉得仁の句

　夜は深し斜舫の月　風は定まる一池の星

を思い出して、星影の揺れるのを待っていたが、風はすっかり落ちていた。

次いで志賀さんの『焚火』の、湖の島へ渡る舟で、「晴れた星の多い空を舟べりから其儘下に見る事が出来た」とある行が口に浮び、つづいて暮れる山々を蠑螈《いもり》の背のように黒いと形容した名句が思い出されて、この池の滑らかな黒光りにそれが当てはまらないかと、

水面をすかして見たりした。

その中にはまた、『焚火』で、人々が別れ別れになって森の中へ焚く材料を集めに行くくだりに、巻煙草の火が吸う度に赤く見えるので居どころが知れるとあったのを思い出すと、煙草が吸いたくなって、池の縁にしゃがんで、配給の煙草に火をつけた。すると、ぱっとマッチの明りで瞬間に星が消え水が持ち上がって一度に池が浅くなり、暗くなってから再び星影が映っても同時に煙草の火が赤くぽつんと映っているので、さっきまでの星の印象が変ってしまった。

これで、池を離れようと立ち上がった時、近くのおかめ笹の藪ががさがさと鳴った。聴き耳をたてると、それが少しずつ近くなる。蟇六《ひき》だなと、すぐ思った。

藪をはなれたらしくその音が止んでから、地面を低くすかして見ると、星明りの下でぼんやり黒い塊りがのそりのそり池の方へ這い寄っている。やっぱりそうだったと、暗い中で微笑してから、私は菜園の間の路を拾って戻った。

これは年来私の庭の眷族《けんぞく》のひとりである。毎年現われる蟇蛙が同じものであるはずは無論ないが、少くも代々、夜桜のころ同じ藪で鈍い声で鳴き始めてから、時々庭へ現われて、特に入梅の時分から、子供たちが線香花火を上げる夏の日暮れに、しめった土を横断する蟇蛙を私たちは「蟇六」と名づけて、手洗鉢のそばの八手の枝で腹をふくらませて雨を呼ぶ、大きな「青吉」と共に可愛がっている。

菜園がまだなかった時分には、蟇六はよく庭のまん中で幼い子供たちに囲まれて蚊を吸っていた。私もその仲間に入って、時には、復員で帰った長男が小学生の昔、早春に私と近くの野原でノックをやっていて、転げ落ちた球をさがしに赤土の崖を下り、その根方の深い枯葉をかき起してみたら、金目の蟇蛙がおとなしく、じっと冬ごもりをしていたので、急いでまた枯葉をかぶせてやったという話をして聞かせたこともあった。

蟇六の眼も沈んだ美しい金いろである。

書斎に帰ってから思いついて、韓退之の詩集を開いてみたら、『盆池』五首という詩の一首にこんなのが発見された。――

池の光り　天《そら》の影　共に青々
水わづかに数餅《へい》を添へなば　岸を拍たなむ
しばらく夜深《よぶか》の明月を待ちて　去《ゆ》いて
こころみに看《み》ばや　幾多《いくばく》の星の涵《ひた》れるかを。

# 六月

螢昇りゆき蝎座《さそりざ》とまぎらはし

蝎座の下ゆくは残螢《ざんけい》なりや

昭和24六・四　伊勢白子

ひと夜（1）

螢火と天《そら》なる星と掌《て》をこぼれ

螢籠極星《きょくせい》北に懸りたり

螢火に天蓋の星うつり去り

ひと夜（2）

螢籠むしろ星天《せいてん》より昏く
いなびかり螢かがやく籠に来る
螢籠夜の軽雷《けいらい》が駆け過ぐる
揺《ゆ》るる星宙に繋《かか》れり螢籠
螢籠あすをよき日と星揺るる

昭和11六　大阪

六月の星出でそめぬ砂利置場昭和22六・一一　伊勢天ケ須賀

脂粉なき少女とともに螢狩

冠《かむり》座《ざ》の真下にゐたり螢狩

螢獲《え》て少年の指みどりなり

昭和22六・二五　伊勢天ケ須賀

蒸暑くして顚《てん》落《らく》の北斗星

昭和27六・二八　伊勢白子

# 蛍と星

## 一

星を蛍にたとえたり結びつけたりすることは、人間に極めて自然の心理である。アニミズムの原始民族にはこれらが同一視されてもいた。『書紀』に「然も彼の国多《さわ》に蛍火の光《かがや》く神及び蝿声《さばえな》す邪《あし》き神あり」とある、蛍火の光《かがや》く神も星々を言ったもので、それを代表するものは、悪神天津甕《みか》星、亦の名の天の香香背男《かがせお》であった。

濠洲の土人も蛍を星から生まれたものと信じているが、奇妙なことにその星は、今ごろから秋へかけて鮮血のような色の星——日本では江戸時代から赤星《あかぼし》とよび、支那では、『書経』、『詩経』の昔から火《か》又は大火と伝えている星である。これが、たとえば青い織女、特に星団のすばる星であったなら、よく頷けるのだが。しかし、この星の光が紅に時々緑を潮《さ》すことは注意されていたことで、十九世紀に入り、遂に緑いろの伴星のある事実が望遠鏡でたしかめられた。一部の学者はこの星を殆んど頭上に仰ぐ濠洲で、夙に土人の眼がその緑色に注目して、これを蛍の先祖と見たのだろうと言う。臆測ではあるがおもしろい話である。

或る年の夏、私は下総の木下《きおろし》へ、水野葉舟氏を中心とするその地方の教師諸君の集まりから招かれて、星を語りに出かけた。

木下は今ではさびれた利根川べりの小さな宿駅だが、『利根川図志』を見ると、「寛文のころ此処に旅客の行舟（世に木下茶船といふ）を設けるに因りて甚だ繁栄の地となれり。そは鹿島・香取・息栖《いきす》の三社に詣で、及び銚子沖に遊覧する人多かればなり」云々と記して、当時の紀行を引き、三社詣出舟之図を挿んである。

それは、二段になった大利根の堤の、上段は街道沿いの問屋初め人家が櫛比し、下段の水ぎわには紅燈を吊りつらねた料亭が二軒あって客が賑わっており、すぐ下に二十隻近い苫船と三社詣での船がもやっている光景になっている。大正の頃、側輪船の通運丸が利根を上下していた当時は、まだ多少とも昔の面目を残していたのだが、今では昼でも深閑とした町である。

その昔は、絃歌が湧いていただろう堤の上に立って、私は涼夜の星を指さしながら短い講演をやった。土地の人たちも集っていたし、中には自転車で五里も遠くから来たという人もまざっていた。

堤には夏草が深くて足がむずがゆかった。すぐ後ろには、絵図の通り大利根が広く見わたされ、直下の水ぎわに夜泊の船が二隻、わびしいランプの燈火《あかり》にひっそりと繫《かか》っており、私にすぐ浮寝鳥という言葉を思い出させた。それにしても『図志』の画にある賑かさとは何という相違であろう。

星月夜の下に、川面も暗ければ、更に川向うの野面はまっ暗でその果ても判らなかった。しかし、水には満天の星がはっきり影を映していた。そして時々涼風のままに蛍がいくつとなく流れて来て、それが星の中へ乱れて入り、川面にも映ってじきに見さかいがつかなくなった。

話が終ってから、私は古風な料亭で、手賀沼の鰻を馳走になり、二折りも土産を持たされて遅い汽車で東京へ帰った。この頃その夜の一人の手紙では、今でもその家では鰻を食べさせてくれるし、或いはと思っていたとおり、『図志』にある昔の料亭の一つだった。

二

星と蛍の文学となると、引いたら際限がない。世界の星の文学を通じて、天文詩人テニスンが、

いくよさか吾れは見たり、すばる星がなごやかなる夜蔭の奥に、白銀の網にからまる一むれの蛍にも似てきらめくさまを

と歌ったのは絶唱とされている。単なる蛍の群にたとえたのではなく、銀の網にとまって、その息づく光が相映発して、青銀ににじみ明滅することに、この星団が星雲状物質に包まれており全体に青白くぼやけている事実を擬したもので、この詩人が八十三歳で歿する前まで小望遠鏡で空を覗いていた経験にもとづいているらしい。

漢詩にも星に蛍を詠じた作は多い。杜甫も『流螢』の中で、「暗に飛びては月を避くるが如く、遠く墜ちては星に随はむと欲《ねが》ふ」と歌っている。中でも私は王建の

白がねの燭《ともしび》 秋さび 画屏《ゑびやうぶ》 冷かに
軽羅《うすもの》の小扇《こうちは》に流れ螢を撲つ。
玉 堦《たまのきざはし》 色涼うして水のごとく
臥して見る牽牛と織女の星。

を愛誦する。季感が濃やかだし、星と蛍が自然に取り入れてあるのがいいと思う。

また高青邱の『夜江上を過ぐ』にも

江白うして 露初めて零《お》ち
荷花《はすのはな》夜の汀《みぎは》に満つ。

鷺は迷ふ沙上《はまべ》の月
螢は乱る水中《みなそこ》の星。

云々の名詩を見出した。

日本の文学では、王朝時代の物語・日記・和歌の類から近代のそれらに至るまで、特にも俳句から星に蛍を配したものを拾ったら、うんざりするほどだろう。

現代の句では、私は誓子氏の繊鋭な感覚と自在な表現の作を愛する。梅雨明けの星にまぎれ入る蛍を

螢 火 と 天 な る 星 と 掌《て》を こ ぼ れ
螢 火 に 天 蓋 の 星 う つ り 去 り

と詠み、また蛍籠を檐に吊っては、紗に映って青く明滅する光を

螢 籠 む し ろ 星 天 よ り 昏 く

と爽涼の星をさんらんと浮び出でさせ、心持ち揺れている蛍籠の錯覚から、揺れているように見える星を、

揺 る る 星 宙 に 懸 れ り 螢 籠
螢 籠 あ す を よ き 日 と 星 揺 る る

と詠んでいるのは驚くべき凝視である。

ここで甚だ手前味噌になるが、私は夏の晩、近くの野原へ散歩に出て、草のしげみに蹲り、南の空の射手座《いてざ》を見上げながら、ふと蛍の香いをかいだように感じた。これは周囲の草の香いから来た瞬間の錯覚らしいが、それを句にして

草に見る星座蛍の香に青き

を得て、誓子氏に送ったところ、佳作に加えられたので気をよくしていたが、今ではあまり自信がない。

七月

夏祭その夜ちか星と月照れり

昭和10七・二五　大阪

海距《へだ》つ三河の方《かた》にいなびかり

燐寸すれば端居《はしゐ》の下駄のしばしほど

家中に蚊遣火の紅《こう》ただ一点

星を撒《ま》く蛙田《かはづだ》の上海の上
昭和19七・一二　伊勢富田

涼しさに眼鏡の端《はし》の星流る
昭和19七・一六　伊勢富田

南天の星座知るなし星流る
昭和19七・二三　伊勢富田

木星や娼婦泳ぎし海の上
昭和19七・二三　伊勢天ケ須賀

# 蛙田

この住宅地の周囲にも、七八年前まではまだ田圃が多かった。私は毎年蛙の鳴く頃になると近くの風呂屋の前の田圃へ出かけ、それを聴くのを楽しみにして、初蛙のたよりを岩本素白君に送ることを忘れなかった。

晴れた晩には、たぶたぶと湛えた水田の面がなめらかに光り、まだ若い春の星々を映し、その中で蛙が思い出してはつつましやかに鳴いていた。春が漸く老いて北斗七星も夜々高く昇るようになると、蛙の声も一時にしげくなって来る。雨もよいの空の星影もにじみ、消えがてになる晩は、水田の全部が蛙に化けたように、一せいに鳴き立てる。「鳥のよに鳴けるが蛙王ならむ」という即興句を作ったこともある。

こんな時私は、三馬が『潮来《いたこ》婦志』の中のひなびた水郷の遊廓の描写に、「蛙の声ガワガワガワ」と小文字を二行に入れているのを思い出す。素白君も珍蔵していて、戦争で焼いたその原本から、そのことを屢々言って来た。また甲府にいた頃、この季節の夜郊外の鰻屋から舎監室の私に電話がかかって来た時に、当人が出るのを待っている間、その近くの蛙田の合唱が高く聞えているのを興深く聞いたことも、今も度々思い出すのである。

誓子氏の句に、

星を撒《ま》く蛙田の上海の上

というのがある。氏の住む伊勢の浜辺である。

あの沿線は、暮春のころに夜汽車で走っていても、菜の花の香いが窓から入って来たり、暗い駅に停まっていると、発車の汽笛が頓狂に鳴るまではそこら一めん蛙の声で、水田のにおいさえする駅もあった。そのはずれは大方波の平らな内海になっていて、晴れた昼間ならばらばら松を隔てて共に淡く霞んでいる。

誓子氏のカメラはこれをも収めて、夜の海と水田とを一つらにし、行く春の星々を蛙の鳴き立てる空にまき、その影をも映し、同時に黒くしんと横たわる海の空にも星を点在させ、得意の反復法と倒置法を用いている。同時の作に、海を隔てた三河の空で時々稲光りのする句があり、この蛙田の句を味い深く裏づけている。

古人から星と蛙の句を拾うと、『鶉衣』に

二つ三つ星見出すや啼く蛙　　也有

があり、『五元集』には

ここかしこかはづ鳴く江の星の数　　其角

がある。

貞亨三年版、仙化撰の『蛙合』には、芭蕉の「古池や」の蛙の句を第一番の左に配して左右二十番の句合せをやっているが、其角のこの句を右に、「うき時は蟇《ひき》の遠音も雨夜哉そら」を左に置いて、その評に、

「うき時はと云出して、蟾《ひき》の遠ねをわずらう艸《くさ》の庵の夜の雨に、涙を添て哀ふかし。わずかの文字をつんでかぎりなき情《ココロ》を尽す、此道の妙也。……右は、まだ寒く、星の影ひか〳〵として声々に蛙の鳴出でたる、艶なるようにて物すごし。青艸池塘《ちとう》処々蛙約あってきたらず、半夜を過と云ける夜の気色も其儘にて、看《ミル》所おもう所、九重の塔の上に亦一雙加えたるならんかし。」と推賞している。これも名文であるように思う。

ついでだが、右の芭蕉の句では、私は暮春の雨の一日、京都木屋町の宿から新緑を見に永観堂へ出かけた時、寺門から本堂まで一ぱいの若葉の楓が、その雫で濡れた傘をすれずれに青く染め、何心なく堂の後に廻ってみたら、山ぎわに黒く錆びた古池があって、昼蛙が気うとく鳴いている岸に、この句碑が立っていたのを、場所は深川ではないが、処を得たものと感じた。今頃になるとこれも思い出すのである。

# 八月（一）

海の門《と》や二尾《ふたを》に落つる天の川
大正14八　若狭高浜

海浜幕営

海暮れてキャンプの尖り目には立たぬ

月照りて居雲《ゐぐも》ま白きキャンプかな

美《よ》き雲にいかづちのゐるキャンプかな

いかづちの夜空を離《さ》らぬキャンプかな

キャンプ寝て太《たい》白《はく》西に落ちゆけり

昭和5八　紀伊白浜

# 海辺の星

## 一

二た夏つづけて遙々と出かけた雄鹿の島めぐりは、二度目は雨で船川の漁港から舟が出せず、陰雲の低くたれた海を宿の二階から見ただけで引きかえして、その晩は陸前の川渡《かわたび》温泉に泊り、翌晩は松島へ出て、ともかく島めぐりをして塩竈に上ってから、更に外洋の口に面した桂島へ渡り、そこで一泊した。連れは、後に陶器の鑑賞家として有名になった料治朝鳴君だった。

宿は島の網主の家で、普請がまだ新しくランプも明るかったが、夕食の後に二人で散歩に出てみると、さすがに外は真暗だった。それに、だらだらの路を降ればすぐ島の船著場《ふなつきば》で終る。広くても浅い潟海の水は、空一めんの星影を映し、遠い対岸では、観月楼の電飾の灯とその影とが、海気でたえず陽炎のように揺らめいて、夜目にはひどく近く見えていた。海の微風が浴衣では涼しすぎた。

気がつくと、船著場の暗闇の底に三四人の黒影がうずくまっていて、しんと口もきかずにいる。涼んでいる様子でもなく、時々ぎい、ぎいと櫓の音が近づいて来たり、暗いカンテラの灯が揺れて来ると、「塩竈の医者さまでねえかね」と、初めて声をかける。舟からは大かた返事もなくて、島を通り過ぎると、再びしいんとなる。

その中に、こちらの煙草の火を見つけたのだろう、一人が立って来た。マッチを貸してやると、その明りに島人の素朴な顔が見えて、すぐ消えた。ぼそぼそと問わず語りの話では、島に重い病人が出来て、塩竈まで医者さまを迎えにやった舟がまだ帰って来ない。明るい中からあすこに出ばって、待ちかねているということだった。それで戻って行った。

私たちもそうしている間に、いつとなく島人たちの気分に誘いこまれて、口数も少く、闇の中の櫓声に耳をそばだてるようになり、今度のあの揺れて来るカンテラが医者さまの船であってくれればいいと願うようになっていた。眼には自然に、近い潟海に沈んでいる夏の星々が入っていたのだが、それもただそれだけのことだった。

二

「初秋の海を見晴らす勝浦の宿でした。」と、松本恵子夫人は話してくれた。

「或る晩一時ごろ、ふと眼が覚めたので、今時分どんな星が出ているかしらと、起きて窓を開けてみました。月のない夜半で、海も空も黒ビロードを張りつめたような中で、びっくりしたほど沢山の星がきらめいていました。でもよく見れば、あれもこれも見知りの星座ですが、中で、真東の一きわ暗い水平線のすぐ上に一つ、すばらしく大きな星が輝いているのが、どう考えても、何の星だか判らないのです。まだ暁の明星が昇る時刻にはなっていなかったし……。

あまり美しいので見とれていると、その星がじりじりと水をはなれた後から、つづいてまた一つ、同じ大きさの星が海から吐かれて、行儀よくたてに並びました。おやとびっくりして眼を見はっている間に、二つそろってじりじりと昇る。すると、どうでしょう、つづいてまた一つ、これも前のと同じ大きさの星が、しかも同じ間隔で海から生まれて、三つでまるで沖に大きな祇園団子を立てたような形になりました。

不思議な星座もあるものと思って見つめている中に、あら！　と思わず声を立ててそれから、くすくす笑ってしまいました。何でもない、それはオリオンの三つ星だったのですもの。ただ一つ一つじかに海から吐き出されて来るのを見たのは、これが初めてですし、そして光りにしても、三つの間隔にしても、東京で見馴れているものとは比べものにならないほど大きかったもので、すっかり眼をだまされてしまったのです。

そして、二等星だという三つ星でさえ、こんなのだから、星の王者シリウスが沖から生まれるところはどんなにすばらしいだろう、むろん青い光芒を暗い海に曳くことだろうと思いましたが、ひどく冷えて来たので、思い切って床へもどってしまいました。」

愛媛壬生川《にゅうがわ》地方の漁師は、「三つ星さまは土用の一郎に一つ見え、二郎に二つ見え、三郎には三つ見える」と言っているし、三重県北牟婁郡長島地方でも、「三つ星は土用の一夜に一つ、二夜に二つ、三夜に三つ出る。それで異名を土用三郎と言う。」また宮城県阿武隈川河口の荒浜村でも、「三でえしよが明方見えるのが土用の丑の日だ」と言っている。

私は曽て、船乗りの神で、日向の小戸の橘の檍原《あわきがはら》の浪間より現われ出たと伝えられる住吉三神——底筒男命、中筒男命、表筒男命を、或いは海から次ぎ次ぎ昇る三つ星を神話化したものではないかと考えたことがあったが、松本夫人のこの話は、それを目のあたりに浮ばせてくれて楽しかった。

# 八月（二）

青き潮路

檣頭《しやうとう》を夏の夜空にすすめつつ
夏の夜の満天の星に船檣を

昭和9八　瀬戸内海

海の傍観者

夜の夏天《かてん》船より見れば銀河ながれ
星ながれ陸土《りくど》の夏の燈《ひ》ともなる

夏の夜のひと寝たる燈《ひ》を陸に見る

夜光虫鉄《てつ》舷《げん》に白く燃えつげる

銀河濃き天球を船に戴《いただ》けり

昭和11八　瀬戸内海

航　行

夏の夕饗《ゆふげ》船は舵輪をまはすなる

夏の夜の星ひとつ撰《え》りて船にかかぐ

船に垂れ晩夏星座のみづみづしさ
昭和12八　瀬戸内海

酸《さん》の香《か》は夜《よ》干《ぼし》の梅ぞ心《うら》やすし

星《せい》天《てん》を夜干の梅になほ祈る
昭和20八・六　伊勢富田

オリオンが出て大いなる晩夏かな
昭和20八・一〇　伊勢富田

死がちかし星をくぐりて星流る
昭和22八・一一　伊勢天ケ須賀

# 夜光虫

私が初めて夜光虫に光る海を見たのは、越後糸魚川の浜辺で、一と夏相馬御風君の家に逗留していた時だった。毎晩のように裏の海岸へ涼みに出て、きれいな小砂利の上に浴衣の腰を下ろし、降るような星や天の川や、暗い沖の漁火を眺めながら、友からいろいろ海の話を聞く、その足もと近くで、静かに去来する磯波がたえず燐光に明滅していたのである。

時々どぼんと小石を投げこむと、その波紋が黒い水の面に青白い光の輪をひろげるのも、私には珍しかった。すぐ近いところを船の影は見えず、櫓の音ばかりが聞えて通る。時には人声が手に取るように聞え、いい声で越後追分を唱って過ぎることもある。すると、相馬君は、今のは何兵衛さんの声だ、などと呟く。

土用も近づくと、波が大きくなって、土地でいうソリノタが高い磯浜まで這い上る日もあった。わざわざ海の話をしに来てくれた老漁夫の言葉を借りれば、波のあたまが春のわらびのように巻き、たえず波の谷へさらさらと流れながらうねって寄せて来るノタである。夜目には、その波の谷のあわく照る面へ、波の穂が明るい青金の光をその抱く黒い影に際だって輝かせつつ巻き落ち、それを後から後から反復して岸へ迫ると、どさんと砕けて、光の網を足もと一ぱいに打ちひろげる。引いたあと、残った潮泡と藻屑と、小砂利の一粒一粒がしばらく妖しい燐光に燃え、それがまだ消えない中に、また次ぎの光の網が来て、ぱっとかぶさる。

その裏日本の海ほどではないが、東京近海でももちろん夜光虫の輝きは見られる。T君の話だが、横浜の海岸公園で酔っぱらった仲間が夜光虫で光る海の中へ、初めは石などを投げて面白がっていたが、とうとう皆でベンチをかつぎ出して抛《ほう》りこんだところ、それも青い輪郭になって浮び上がったので大はしゃぎだったと言う。これには呆れてしまった。

先ごろ私はS君からこんな話を聞いた。——

三浦三崎の、油壺と背中合せになっている小網代の入江で、七月の午前二時頃小舟を出して湾口の海老の手ぐり網を揚げに行ったことがある。細長いが恐しく深い入江で、黒油を湛えたように滑らかに光る水面に、満天の星の一つ一つと天の川がはっきり浮んでいるのが、上を行くのに気味が悪いようだった。夜半の寂寞を破るのは、ぎいぎいと鳴る櫓の音ばかりで、その櫓が水に曳く痕は夜光虫で燐光に輝きながら、どこまでも長くつづいて来た。しらじら明けごろ、湾口の鵜の岩に着き、沈めてあった網を引き揚げにかかると、髪のような海藻も、夥しい海老の一尾一尾も、夜光虫でその輪郭なりにはっきり青く光っていた。

すばらしい話である。その時思い出したのだが、十九世紀末の学術探検船チャレンジャー号の航海記にこんな一節があった。——

「南印度洋の島と島との瀬戸である。海一めんが夜光虫で輝きわたっているのが、まるで望遠鏡に映る銀河の何百万という星の微塵が、そのまま海面に落ちたように見えた。海はエメラルド・グリーンの光の広い帯のように輝き、その茫と雲のような光の表面で、菫いろのスパークが多数に流れ来り、ただよい去り、それが船尾に至って一つにぶつかり混《まざ》り合って、しばらく航跡を曳いてから、暗い海へ消えて行った。」

更に、最近にいたって私は、早大の講師だった当時の学生で、復員前まで福島県小名浜の特攻隊基地で任務に就いていた佐藤仁君から、そこの海上で見た夜光虫の話を聞いた。次ぎのは飛魚や海豚《いるか》やすべての魚が夜光虫に輝いて游泳する海を歌った、同君の詩の一節である。——

………………

私の艇《ふね》はどこまでのぼつて行くのだらう。

水と天末との境には黒い靄でもかかつてゐるか
夜の海は天までつづいてゐるものだから
いつの間にか私は星たちのただ中にゐて
（魚のむれは天の川
　一疋一疋の魚もそれぞれ光り）
私はもう何処を走つてゐるのかわからない。
天にも方角があるのだらうか
羅針儀のいまの針路はN二〇度Eだけれど。
さうだ　カシオペヤのγ宜候で行けばいい。
あの左に傾いたW形の真中の星だ。
あれは椅子に縛られたお妃のお膝のとこだ。
空の星についてはたしかだが
いま艇《ふね》が走つて行く空間の
私の眼よりも下に拡つた星たちは
今夜はじめてお目にかかるのだし
あんなせかせか動き廻つたり

おれは流星だと言はむばかりの飛魚が
跳ねまはつたりしてゐるのには
なんとも確かなことは言へないのだ。
あれはハレー彗星だらうか
ぐんと立派な尾を引いた　大きな青白い光の塊りが
私の艇めがけてまつしぐらに進んで来る。
何といふ速さだ。——
　そんな幻想は止めてしまへ
　　潜水艦の魚雷だぞ。
《雷跡　舷《うげん》九〇度　近い》
（面舵一杯！）
慌ててはいけない　海豚ではないか。
……………………………………
やつぱりここは海の上らしい。
それにしても海の星たちは空の連中よりも
ふざけるのが好きだとみえて愛嬌がある。

## 九月（一）

星一つ焚く火の上に鰯引《いわしびき》
昭和20九・六　伊勢富田

病雁の列を離るる声なりしや

誘蛾燈すでに末世の星懸る

百姓に足の音なし誘蛾燈
昭和24九・八　伊勢白子

吹き募る野分《のわき》に暮色《ぼしょく》走りけり
木鋏の縁にありつつ夜の野分
紫の暮色を野分いそぐなり
野分走りゆかむとす夜の飯《めし》を食ふ
出で立てば星の夜にして野分《のわき》あと
昭和19九・一七　伊勢富田

# 初秋

暦の上では立秋でも、街を行けば舗道のアスファルトがまだ黒く煮えていて、強い日光が眼鏡にまぶしい。しかし、亡い父は毎年のように「何といっても今日から秋風が立つのだ」と言っていた。自分もいつかそう思うようになっている。

九月に入ってからでも昼の残暑はまだ厳しい。けれど、朝早く砂のような雲が流れているのを見たり、薄曇りでしっとりした門先を竹箒で掃いたりしていると、都会でも初秋の忍びよっているのを感じる。郵便受けに見る新聞の白い色にもそれがある。

東京の近くでは、鎌倉の九月が初秋をはっきりと感じさすようである。弟大佛次郎も時々それを書いていたが、避暑客が潮のひくように一度に引上げた後の鎌倉は、往来もひっそり閑として、浜へ行って見ても波間に散らばる人影はまばらになり、葭簀《よしず》茶屋では腰掛を積み上げたままでいる。これが自然にも反映するのか、海に近い松原、八幡前の段かずらの桜並木、山々の木立もしんとしたたたずまいになり、蟬の声まで静かに落ちつき、砂地に映る自分の影さえはっきりとして見える。

更に山国の甲府となると、薄日に映る木の影を畳に掃く気持、それを踏む素足のうらの冷たさ、台所の方から聞える皿小鉢のかち合う音や、ひねり放しの水音まで秋だなと感じられる。朝の子供たちは早くも肩上げのふくれたちゃんちゃんこを着せられている。山々に新雪の来るのはまだ間があるが、どこか鳥はだ立っていて、久しく忘れていた水のような息が盆地に行きわたり、昼間雲の峯が立っても、もう石綿のように目のつんだ、ぎらぎら光りのものでなく、或る高さまで伸び上がると、物に驚いた蝸牛のように首をすくめてくずれる。富士のアルペングローが紫に暮れると、葡萄畑の番小屋にともる灯が近ぢかと冴え、さもなくとも、きらめく星の瞳は何より争われぬ秋である。

これは残暑の東京に住んでいても同じことである。長い夕明りのあと、まだほとぼりは浴衣に感ぜられ、縁ばなに涼む間も団扇は絶えず手に動いているにしても、檐に見上げる星ははっきりと秋の配置である。こんな時、私はきまって昔ながらに蕪村の「秋立つや何に驚ろく陰陽師」の句を思い出す。

星の中でも秋風来をしみじみ感じさせるのは、南の蝎座の傾きである。夏のさかりにはそこの中空から地平へかけ、星の点々で奔放なSの字を描いていたのが、ずっと右へ寝て来る。二階のカーテンを引こうとする頃には、星覗きの邪魔にならぬよう頭を摘んだ檜の列の梢にもすれずれとなっていて、いつか表慶館で見た応挙の、怒濤の襖絵がふと眼に浮んで来たりする。

Sの尾が雄大にぐるりと上へ翻転して二つの青い星がきらめき、それからゆったりと盛り上がって波の頂きに真紅の主星アンタレースを点じ、それが大きくカーブして落ちてから、再び四つの星を飛沫のように、縦にふり撒いているのである。

支那でいう「大火」はこの赤い星のことで、『西遊記』の三蔵法師が流沙河へさしかかる書き出しに「寒蟬敗柳に鳴いて大火西に流《くだ》る」とあるのもこの星が低くなる今ごろ、初秋をいうのである。いつか、早稲田の職員室で日夏耿之介氏と『西遊記』の話が出た時、氏の口からすらすらとこの句が出てひどく嬉しかったことがある。まったく、夏を象徴するような熱っぽい色と静心ない光のこの星が、漸く視野から遠ざかって、天の川が空高く起き上がって来るのを見るほど、秋正に到るの感の深いことはない。

天の川は、天頂で白鳥座の大きな十字を浸している辺から、蝎座の尾をかすめて地平にかくれる部分が最も美しく、川はばも広い。その東がわに対岸の蝎を狙っている射手座の大弓と矢が見えるが、そこは天の川の輝面がところどころ光っていて、銀の刷箔を散らしたようである。

去来の句に「秋風や白木の弓に弦張《つる》らむ」というのがある。私はこの星の大弓にしばしばこの句を思い出す。その金の矢じりは蝎が西に横たわるにつれてじりじりと拳さがりになり、やがて沈んでしまった後は、まっ直ぐに地平を指してから、これもあとを追って沈んで行く。また私は子供の時分、里神楽で大好きな般若退治の英雄が、般若を射とめてしまわずに、矢を向けながら楽屋に引っこんで行くのをいつも不満に思っていたが、今でもこの星の大弓に、それを思い出すことがある。いつか科学博物館の朝比奈博士は、この蝎と射手とに、能狂言の頼うだ人と太郎冠者の、「やるまいぞ」「ゆるさせられい」を思うと言われたが、それも面白い見立てである。この追いかけくらを人間は少くも五六千年も昔から見て来た。そして、未来永劫に放たれざる矢を向けて、堂々めぐりをつづけて行くのである。

望遠鏡では、そこの天の川の内外に星団が散在し、沙金をそこにこぼしたように見える。私は初めてそこを覗いた時、『水滸伝』で覚えた金沙灘の名を思い出したが、今でもそうである。そしてそこへ筒口を向けておいて、子供たちに自由に覗かせ、煙草をふかしながら、「きれいだ、きれいだ」と叫んでいる眼を横から見ている。すると、そういう星団が映った時に明るく輝いて、子供の眼は美しいなとつくづく思うのである。いつかこれを苦心して、「稚児の眼に遊ぶ星の眼涼しけれ」とやってみたが、誓子氏から説明がないと判らぬと評された。

やがて望遠鏡の筒が露を帯びて星あかりにほの白く光る頃になると、蝎の上半身は西南の竹藪の梢にかくれ、尾の二つ星だけが中空に残って青く冴え、射手の矢先が目立って下がって来る。射手座の左半分の南斗六星もそろそろ横になり、北西の空でこれも大分低くなった北斗七星と遥か相応じているのも偶然でないような気がする。もと、能登の漁師の間では、北斗と共にこれに舵の形を見、「北の大舵、南の小舵」と言いならわしていたという。

南斗から東は、一年の空でも星の稀薄なところである。やや更けると、南東から南魚座のフォーマルハウトが昇る。一等星だがひどく淋しい感じの星である。夏でも夜半に眼を覚ますと、ガラス戸の外から、更に蚊帳ごしに、この星が一つ、懐しげにのぞいている。私は北極星に「北の一つ星」の名のあるに対し、これを「南の一つ星」と呼んでみたが、後に鎌倉腰越の漁夫がこの名で言っていると報らされた。

この星を支那で北落師門とよぶのも何かその孤影に通ずる字で、響きで、歳既に秋の感を更にこまやかにするのである。ずっと前の初秋、志賀さんの二階で、更けるまで画や文学の話を伺っている間に北落師門だけが一つ、月光に紛れず光っているのを見上げて名を尋ねられたことがある。今でもこの星というと、その青い月夜が眼に浮んで、一度お暇しようとしたのを、旅行に出るので暫く話せないからと優しく留められたことを思いだす。

# 九月（二）

うたがひて犬たちどまる秋の暮

わがうしろ犬訣《わか》れ去る秋の暮

金星のもと無花果《いちじゆく》の木ともなし

秋の燈を陸にも海にもつらねたり

ペガサスの大方形や露の上

昭和21九・一九　伊勢天ケ須賀

露けさの人《じん》寰《くわん》の上直ぐ星座

露更けし星座ぎつしり死すべからず
昭和16九・二〇　伊勢富田

うすうすと七《しち》星《せい》かかぐ鰯船
昭和19九・二〇　伊勢富田

明月の下より出でて星懸る
昭和26九・二〇　伊勢白子

海上に星らんらんと曼《まん》珠《じゆ》沙《しや》華《げ》

昭和19九・二二　伊勢富田

銀河《あまのがは》野《や》犬《けん》影なく馳せ過ぐる

いとちかき処に星あり蟲すだき

昭和15九・二七　箱根強羅

月《つき》夜《よ》の燈《ひ》修理の時計さしのぞき

鳥羽行《ゆき》に今宵いづこの駅も月

月光に障子をかたくさしあはす
露更けてよりオリオンの地を離る
露けさに昴の諸星弁《べん》別《べつ》す
昭和19九・二八　伊勢富田

# 星月夜

しばらく月がなくて、美しい星月夜がつづく。

星月夜の文学で誰れしも引くのは、鳥羽天皇の永久四年の歌集、堀河次郎百首の中の、肥後という女房が「星」と題した

我ひとり鎌倉山を越え行けば　星月夜こそうれしかりけれ

の一首だろう。多く題詠に堕している代々の星の和歌では、これは純直な秀歌として愛誦されて来た。むろん季節は今で、おそらく藤沢から山越えに鎌倉に入る路であった。市女笠と虫の垂衣《たれぎぬ》にすでに夜露がおき、そのひまから仰ぎ見る星月夜に、天の川がしらじらと渡っていたことだろう。

堯恵法師の北国紀行に「極楽寺へ到るほどにいと暗き山あひに星月夜といふところあり」云々とあるのにも、また極楽寺の切通しにある星月夜の井戸からも、自然にこの歌へ導かれる。

さもなくとも鎌倉までは、東京からわずかの時間だが、あすこで見る星月夜は驚くばかり美しい。松の繁みの山々の吐く嵐気や、またその黒い夜影が浮き立たせるせいもあるだろう。駅のフォームで「あれは織女ね、もうじきあの山へ沈むのね」というような若い声を聞いたことも二度や三度ではない。

星月夜の庭で雨のような虫の音の中に床几をすえ、望遠鏡を覗いていると、じきに白い筒に露が流れ、デュー・キャップの吸取紙がしめり、浴衣の肩もじっとりして来る。この露は満天の星からじかに滴たって来るもののように感じられる。漢の柏梁台に高さ数十丈の銅柱を樹て頂きの仙人掌に蓮華盤で天の甘露を承けたという挿話なども聯想させられる。

露と星の古人の句では、私は

帆柱に横たふ露や星明り　　除風

の実感を、また、七夕の句だが、

天の川野末の露を見に行かむ　　白雄

が好きである。これは即興の句だが、天の川の懸る広野が目のあたりに浮んでくる。

そして、これを誓子氏の

星落ちしところかや露濃やかに

と比べることにより、一段と興味を覚える。

今人の句では——と言うより昔を通じても、何とも言えぬ感動に打たれるのは、誓子氏の

露更けし星座ぎっしり死すべからず

である。そしてこの星の句に、「病やや癒ゆ」の前書きのあることを知れば、その時の感動がこの雄勁な句を一気に口をついて吐かしめたことはよく合点が出来るだろう。私はこの句を近著の巻頭に飾ることを請うて、一行と三行に書きわけた句箋二枚がとどいた時は、しばらくは昂奮を禁じ得なかったのである。

氏には更にまた、

露けさに昴の諸星弁別す

露更けてよりオリオンの地を離る

がある。初秋の夜も更けて、露気が天地に白く満ちわたったころ、昴《すばる》はそれを追う釣鐘星や、その北の馭者の五角星と共に既に中空にかかって、青白い濡れいろに、異名六つら星の一つ一つを鮮かに弁別させる。

彼等の光が漸く居すわるのを見とどけてから、やがてオリオンが大らかに現われ、じりじり地平を離れて三つ星を直立させ、冬の魁《さきが》けの諸星座がひしひしと北東から南東の空へかけて光を競い始める。これは年毎に見る星月夜の光景だが、まったく私たち微小な人間

を息づまらせ、立ちすくませるような大観である。

## 十月（一）

遷宮の空を守れる白鳥座
昭和28一〇・二　伊勢神宮

良夜の樹《き》西方よりの月に照る

暁《あけ》の星遅れてわたる望《もち》の空
昭和19一〇・三　伊勢富田

碇星そこを通れる雁のこゑ
昭和24一〇・七　伊勢白子

木犀の香《か》や金星の方角に
昭和19一〇・九　伊勢富田

露けき身いかなる星の司《つかさ》どる
昭和25一〇・一一　伊勢白子

金星は低く木星芬《ふん》芬《ぷん》と
昭和19一〇・一三　伊勢富田

星などの高さに夜の鰯雲
昭和20一〇・一三　伊勢富田

# 山の端の星

春陽会の若山為三画伯の話である。——

或る年、南仏のニースで冬を越したが、三ケ月の間に曇ったのは一日だけ、後は毎日快晴で雲も南のアフリカ方面に低い雲の峯の立つのを稀に見たぐらいだった。海は謂ゆる地中海藍である上に、天頂から水平線まで、国境山脈のスカイラインまで、或いは市街の甍の上まで、ウルトラマリン一色で、日本の空のような調子の変北が少しもないため、描くのにも勝手がちがって困った。

伊太利の画家は、初め空を塗らずに置いて、前景や中景の人家とか森とかをすべてオークル・ジョンの調子で描き、後景の山などをちょっとコバルトで描くぐらいで、最後に空を一めんにウルトラマリンで塗るのが普通である。それで夜の星もひどく近くて、それこそ、はたき落せそうに見える。フラ・アンジェリコが空をまっ青に塗って星を金に描いているのなども頷ける。——

私はこのすばらしい話を聴きながら、学生の昔愛蔵していたアルマ・ターデマの原色画集の大理石の露台に凭る美女の群れ、その彼方に低い Mediterranean blue の海、そしてそれを蔽う濃青の空の色をはっきりと眼に浮べていた。そして若山氏が南欧の海と空の色では、昔読んだ『即興詩人』の中の叙景を思い出すと言われたのに、私もあの中のカプリの島の瑯玕洞《ろうかんどう》を久しぶりで思い出した。

なるほど日本の湿潤な気象では濛気《もうき》が多い。それだけに雲煙の変化にも富み、季節毎の風物の美も際立つのだが、時には「雨過天青」の青磁のような一色で地平まで塗りつぶされた空を見たいと思うこともある。これが濛気に煙塵の混ざった都会で望めないのは言うまでもない。しかし、秋晴れの山国に行けば容易に見られるだろうとは誰しも考えることにちがいない。

まったく山国、――たとえば私の知っている甲州の秋晴れの空は、実に濃い深いコバルトで、野原の草に寝て一ところを眺めていると、そこがもやもやと黒ずんで来て、今にも昼間の星が見えるかと思われたり、いつの間にか自分のからだが青い虚空へ高く浮き上っているような錯覚をも感じた。空気の清澄さは、或る時四五里も先の岡の上にひらめいている村の青年団の旗らしい日の丸がはっきり認められたほどである。特に日暮れ近くの空の青さでは、読んでいる新聞や本の頁がほんのりその色に染まることさえあった。また、夏ではあったが南の大カンバ谿《だに》で、雪渓に近く一もと咲いていた岩桔梗が、深い空の色の効果で、万年雪の面に紫いろの影を落していたことも覚えている。

尤もこういう秋晴れの空にしても、若山画伯は、南欧の空のウルトラマリンに比べると深みがなく、むしろ緑に近いプルシャン・ブルーで、冷たい感じがすると言われた。

ところで、私は或る年の秋、科学列車の天文講師として久しぶりで入峡した。玉のような無風快晴の日だったので、今日こそコバルト一色に塗りつぶされた山国の空を観察して来ようと、甲府盆地へ出るなり車窓から四囲の山々を眺めてみたのだが、その青い色は山の端まで来ると一様に白濁してスカイラインを縁どっているのに、ちょっと失望した。初めは空の青と秋山の染め出した茶褐色との対照から来る錯覚かとも思った。しかし、程度の差こそあれ、これも濛気がよどんでいるために他ならなかった。

こうして山国まで出かけても理想的な雨過天青は諦めなければならない。むしろ進んで、この国の風土本来の濛気が演ずる変化を楽しむべきだろう。そう考えてみると、私の山国のノートにも、濛気なくしては観られない自然美の記録が幾つか残っていた。

その例の一つは、これから冬に入って見られる白峯三山のモルゲン・ロートである。もちろん満山を塗った雪が主役であるには相違ないが、濛気のニュアンスが手伝ってその美観を複雑にしていることは争えなかった。その写生の大意を引いてみる。——

山が夜の暗い色から漸く眼ざめ、薔薇いろがほのかに山ぎわの空から山にかけて潮《さ》し始める頃は、まだ一向に見栄えがしない。空はむしろうす汚れているようにさえ見える。少したつと山は全然サブスタンシャルな感じを失い、空とまっ平らに連なって、いわば寄木細工の山と空のように見える何分かがある。

しかし更に明けて来ると、山は完全に再び自分を取り返す。まずスカイラインが空から離れて、そのジグザグが切り抜いた金属板の薄い縁のように光り、しかもはっきりと、ちりちり震えているように見える。

やがて遂にモルゲン・ロートの時が迫る。空はもう息をひそめて、光と色の魔術を山に譲ってしまう。山は刻々と薔薇いろを紅に染めると共に、そばから金をなすって行く。そして、全山が殆んど赤金の光に触れようとする絶頂で、待ちかまえていた太陽が、初めてぱっと第一光を浴びせかけ、鳥形残雪の現れる農鳥山のV字谷、間ノ岳の直下する蛇状谷その他に、濃紫の陰影を強く投射する。

このほんの瞬間、山ははっきりと動いた。動いたと見た一秒後には、完全に明暗の凹凸を生じた南アルプス連峯が燦然として今日の朝日を迎える。群山悉くこれに額づいている。……

この次ぎ次ぎ変化する色彩の魔術は多分に濛気の演ずるものである。またモルゲン・ロートを染める朝日が、濛気で漉《こ》されて来る光波のなすわざであることは言うまでもない。

星が美しくきらめくのは、その細糸のような光線が悠遠な天外から来て地球大気の中で断続するせいだが、地平線上の濛気は更にそのきらめきを忙しくさせる。それが、太陽系の惑星となると、比べものにならぬほど距離が近いので、光が線束となり瞬きをやらない。為めに無表情な印象をも与えるが、それでも太陽に近くて濛気より上に出られない水星や金星となると、多少の瞬きをやる。宵の明星、暁の明星にしても、濛気がなかったらただ銀光を放つのみに留まるだろう。

星の色に就いても、濛気の効果は著しい。青白光を放つ星、たとえば冬のシリウスや、夏の織女などは、濛気の中では、虹の七彩を瞬き、それを抜け出て初めて本来の色に落ちつく。

オレンジ色の星、たとえば暮春から初秋にかけてのアルクトゥールス、和名の麦星などは、濛気を潜る間は、紅を潮《さ》した金色にきらめき、中空へ昇ってから蒼ざめた黄玉光にきらめく。殊に私はこの星が、科学列車で行った八ケ岳の高原で、山の端に沈みかかるのを見た時の印象を今も忘れない。都会地の混濁した大気では、雨後の霽《は》れた晩か、濛気の鎮もった夜半ででもなければ、こうして沈む星までに眼を惹かれることは稀れである。

その時は十五夜の観月をも兼ねたハイキングだったが、高原の空には明月の光も浸しきれぬ黒い深みがあった。平野では見られぬのが常のぬか星までを、月光にもまぎれず指さすことが出来た。

キャンプ・ファイヤを前にして、私は、夜目に一きわ異形な赤岳の頂に、大きく横たわる北斗七星から話し始めて、次ぎにその柄のカーブが自然に導くアルクトゥールスに移った。権現岳が南の釜無川の谷に黒々と伸びて行く尾根の上に、実に美しく瞬いていた。いつもは濛気の中でも金茶色に輝いているのに、その山の端では、刹那に金から真紅に変るかと見れば、次いで緑にまた金にという風で、この星がこうも複雑なトウィンクルを見せようとは全く意外だった。私はシリウスのほかには使ったことのない「虹の七いろに瞬いている」を、つい口走ったのを覚えている。

しかし、さすがにシリウスが木枯しや強い霜夜に見せる荒んだ瞬きとはちがい、いつもの落ちつきと、見る者に親愛を感じさす瞬きようだった。

私が南から東の星座を語り、天頂の織女を終って、もう一度西へ向いた時には、北斗もすでに赤岳に沈み、アルクトゥールスも、もうかき消えて、後には権現の尾根が黒く、寂寞と横たわっているばかりだった。星は沈むもの、——この事実を今更のように目のあたりに見て、低いどよめきが二百名の聴衆の中から聞えた。私自身もそれを感じて、しばらく星の消えた山の端の空を眺めていた。

# 十月（二）

誘蛾燈なければ星の降《お》り来《きた》る

昭和24一〇・一五　伊勢白子

星闌干いづこを雁の通れるや

昭和27一〇・一七　伊勢白子

こがらしの東西に顕《た》つ宵の星

昭和16一〇・一九　伊勢富田

遠き燈《ひ》のまづ見えそむる秋の暮

秋の暮金星なほもひとつぼし

昭和19一〇・二三　伊勢富田

金星を廓の方に秋の暮
昭和21一〇・二四　伊勢天ケ須賀

猟人星犬を率ゐて海を出づ
昭和23一〇・二六　伊勢白子

暗き雁《かり》暗き昴《すばる》を見て帰る
昭和16一〇・二九　伊勢富田

星落ちしところかや露濃やかに
昭和20一〇・二九　伊勢富田

星流る身《しん》後《ご》のわれの何ならむ

喪の家があり露けさの一《ひと》夜《よ》明け
昭和20一〇・三〇　伊勢富田

# 高原晩秋

蛭石を売る駒飼の宿は、汽車が初鹿野を出て間もなく、左の谷あいに低い甲州街道にS字形にくねって見下ろされ、本陣らしい旧家も見える。私は甲州ではこの古駅に心をひかれているが、更に信州往還の台ケ原が最も好きである。或る年の十月半ば、二人の同僚とその宿駅に近い白須ノ松原へ松茸狩に出かけたことがある。

日ノ春で降りて、八ケ岳の押出しが濁川の谷で尽きる七里岩を直下してから、さびれた往還を、左に甲斐駒や浅与岳、鋸岳などの連亘《れんこう》を近ぢかと仰ぎながら、西へしばらく行くと台ケ原だった。

人影もまばらな古駅の、檐《のき》の深い、木組みの頑丈な、屋根に石を載せた梅酢《うめず》いろの家並は、この山峡の住民が代々、八ヶ岳颪《おろし》や甲斐ケ根颪にかまえて来た用意をはっきりと感じさせた。狭い往来には蔭が多く、そのくまには昼間でも嵐気がうっすりと籠めていた。石でたたんだ、街道ぞいに斜《なぞ》えになった溝には、山から来るきれいな水が音を立てて流れていた。

「信州街道台ケ原」の旅籠の黒い看板と、開化時代の繁華の面影をとどめた雑貨屋の、古風なバルコニーの欄干や硝子窓とは、その当時でももう不思議な対照だったろうが、六七十年後の今までも持ち越して、共に寂びている。

その旅籠屋の、厚い板塀をかっきりと取り廻し、火消しのまといのような格好の庭木を何本も覗かせている店も、またその万屋の、燐酸《りんさん》肥料から下駄、目醒時計、安白粉や安香水の壜まで並べただだ広い店も、しんかんとして人けがなかった。

杉の葉を檐につるした大きな造り酒屋、白壁の警察署、鉄砲鍛冶屋。繭買らしい半ズボンの男が、黒い厚い上がまちに腰をかけて高声で話している暗い家の奥には、何か赤い花の咲いている裏庭が、黒い額ぶちにはまった初期印象派の画などのように、往来からでも明るく見通された。

或る倉の前では豆がらを打つほこりが秋の日ざしに舞っていた。籬豆《かきまめ》や唐黍を路ばたに乾している家々もあった。おとなしい女馬が、近くの山からだろう、杉丸太を荷っててっくりてっくりと行く。炭俵を荷わせて、馬士が自分でも一俵背負って行くのにも逢った。

——これは西郡《ごおり》の風ということで、甲府の町中にもこうして売りに来ていた。大鋸を背中にはりつけた山人《やまうど》ともすれちがった。

さて、白須で茸狩をした後、松林の腰掛け茶屋で、ビールで茸料理を食べて、私たちは再び七里岩を上り、小淵沢に向かった。その崖の路の途中で一人が毒茸の中毒で、（二人は翌日授業中に教室で発した）したたか嘔《えづ》いたが、じき又けろりとして、芝居気のある青年たちは、『水滸伝』の毒を盛る女賊の宿の話などに興じて行った。

黄昏は崖すその濁川を渉った時にも、河原よもぎのそよぎに忍び寄っていたが、高原へ出るとそれが一時に水のようにかぶさって来た。正面に大きく仰ぐ八ケ岳の一角には、まだ夕日の余光がつめたく紅く残っていた。しかし、裾野は蒼茫と暮れはじめて、山畑の蕎麦のほの白い花、枯尾花のそよぎ、夕明りに黒い鈴生りの柿の浮彫り、駅に近い農家の焚く藁火の生ま赤い色、立ち迷う白煙り――風物すべて晩秋の感が深かった。

駅に入ってみると汽車は出たばかりで、後二時間も待たされるとわかって、三人はがっかりして再び外へ出た。その眼に、谷をへだてて暮れる駒ケ岳が、魁奇な山貌を逆光でくっきりと浮き上がらせ、摩利支天のいかつい肩近くに、夕星がひとつ、金色にきらめいていた。

私たちは仕方なしに駅の前の即席御料理の暖簾をくぐって、あやしげな女に、天井の低い、ぎしぎし軋む二階に案内され、縁の赤い黒チャブ台をかこんで、ともかく落ちついた。やがて、煤けたランプの下に並んだ生鮭のつめたい切身と、油ばかり濃い卵焼とが、さもなくとも山気に冷えて来た腹を更にも冷えきらせた。

こうして、三人ともむだ口を叩く勇気も失せ、時計ばかり覗いている間にふと、私が背にしていた壁の上の小窓の障子がかすかに鳴り出した。見上げると、それがうっすり青く明らんでいた。

「月が出たかな」と、私は立ち上がってことりと窓を開けた。すると、夢のような月明りの中に八ケ岳がほの黒く、しかも実に近ぢかと大きく窓に迫っていたのに、思わず息を呑んでしまった。その谷々には月に蒼ずんだ夜霧がしんと沈んでいて、一つ一つが湛えた池の水のように見えた。

私は「寒い月だ」と呟いて再び窓を閉めようとした。その時、ごーっと音がして風が吹きはじめた。八ケ岳颪だった。

# 十一月（一）

野《の》分《わき》過ぎ満天の星火《ほ》の穂だつ
昭和15一一・四　箱根強羅

夜寒さに煙草《たばこ》火つけし客と行く

歩きゐしほどに銀河も濃くなりつ
昭和19一一・四　伊勢富田

銀河夜《よ》夜《よ》熟睡《うまい》の部屋に鍵ささず
昭和15一一・五　箱根強羅

稲の上にはかに星を落しける
昭和20一一・五　伊勢富田

星天《せいてん》のしぐれや駅を離れ来て

街燈の下《もと》にこほろぎ鳴き残る
昭和20一一・七　伊勢富田

さいはひは寒星《かんせい》の座を指《さ》し得たり
昭和20一一・八　伊勢富田

墨塗りしところ銀河の辺《へん》に在り

秋の田の十字路《ろ》照らす燈《ひ》が立てり
昭和20一一・一九　伊勢富田

夜に着きし海辺《うみべ》ぞ凍てし鶴のこゑ

爛爛たる星座凍鶴《いてづる》並び立つ

凍鶴の啼かむと喉《のど》をころころころ

凍鶴の筒《つつ》声《ごゑ》天に冲しけり

凍鶴は夜《や》天《てん》に堪へず啼くなめり

昭和15一一・八―一〇　蒲郡

# 銀河

我が国の銀河に関する文学は、万目の見るところ、

荒海や佐渡に横たふ天の川　芭蕉

雄渾な一句に尽きている。蕪村を芭蕉よりも重しとした子規でさえ、「この句を観て一誦すれば波濤澎湃、天水涯なく、唯一孤島の其間を点綴せる光景眼前に彷彿たるを見る。這般の大観銀河を以てこれに配するに非るよりは焉んぞ能く実際を写し得んや。天門中断楚江間の詩は此句の経にして、飛流直下三千尺の詩は此句の緯なり」云々と激讃している。

私はこの句と併せて、後に芭蕉が前書きとした「銀河序」の、特に「……窓押開きて暫時の旅愁をいたはらむとするほど、日既に海に沈で、月ほのくらく、銀河半天にかゝりて、星きらきらと冴たるに、沖のかたより波の音しばしばはこびて、たましゐけづるがごとく、腸ちぎれてそゞろにかなしびきたれば」云々

のくだりを、凄いほどの名文として諳誦している。
他に古人の銀河の句を目に触れるまま抜いてみると、

細う行く石間の水や天の川　舎羅
難波津や蘆の葉に置く天の川　野坡
真夜中やふりかはりたる天の川　嵐雪
更け行くや水田の上の天の川　惟然
兎角して夜とはなりけり天の川　召波
天の川野末の露を見にゆかむ　白雄
天の川星より上に見ゆるかな　同
江にそふて流る、影や銀河　暁台
うちたゝく駒の頭や天の川　去来
天の川糺《ただす》の涼過ぎにけり　士朗
木曽山へ流れ込けり天の川　一茶

など、或いは繊細に、或いは古人としてはよくリアルに天の川を詠んでいると思う。
これらに対して今人の作では、私はまず

銀漢や水の近江はしかと秋　莚人

を、東日で日本新名所の募集俳句を発表した当時から愛誦している。

私は曽て甲州の秋の夜々、天の川が鮮かに盆地の空を南へ流れ、富士川の落ちる山の断れめで光の滝のように懸っているのを見、ここが太古に湖であって、今も甲府の市中から芦荻の半ば炭と化したのが出土するという話を聞いて、満々たる湖面に銀河の影が涵っていた当時を屢々《しばしば》空想していた。それで一層この句と強い表現とに感銘したのである。

この他では同じく『新歳時記』の中の

天の川枝川出来て更けにけり　花蓑
天の川消ぬべくなりてかゝりけり　雲弟

を、私の立場からも推奨したい。花蓑氏の句に通じて更に天の川を仔細に観、且つ雄渾な句には、誓子氏の万葉ぶりと言われていた時代の代表作に、

海の門や二尾に落つる天の川

がある。

天頂に白鳥座の北十字をひたした天の川が、謂ゆる石炭袋の黒い裂け目を見せて一たびは閉じ、次いで復た裂けて、天の川が幅を加えて南へ流れるにつれ、その裂け目も次第に広く走って、完全に二尾となり、蝎座と射手座の間を貫くところで一段と朧ろ銀に輝き、地平線に迫って燦然と極まる。その天の川を、この句は海口にまっ直ぐに落したので、私

など眼を閉じると瞼のうらが明るくなるように感じさえする。

歩きゐしほどに銀河も濃くなりつ

も、とっぷりと暮れて、次第に輝きを加えて来た天の川の感じを捉えて、漫《そぞ》ろ歩きをしている姿も眼に見えるようである。別に

墨塗りしところ銀河の辺にあり

の一句は、前記白鳥座の石炭袋——天文学でいう暗黒星雲を詠んだもので、これの最初の句として珍重さるべきであり、誓子氏が天文俳句で現代独歩であるわけも、かかる細かい観察にあると信ずる。

## 十一月（二）

双子《ふたご》座は双子相寄る猟《れふ》の空

昭和20・一一・一〇　伊勢富田

手を洗ひ寒星《かんせい》の座に対《むか》ひけり

昭和20・一一・一一　伊勢富田

鰯雲より身辺の暮はやし
短日《たんじつ》のわれの暮れゆくことはやし
金星を懸くるすなはち冬の暮
昭和19一一・一〇　伊勢富田

暁天の星座の下《もと》の嚔《くさめ》かな
昭和20一一・一五　伊勢富田

# 空の祝祭

その払暁の乙女座で、金星と木星とが接近して謂ゆる合《ごう》現象となることを、山本一清博士は、予め今年での大空の祝祭であると言われた。終戦の秋、明治節当日のことである。それに、その一週間ほど前、火星と土星とが、同じく双子座で合になったばかりで、まだ間近く並んでいるのにも祝祭の名残りはあった。そんなことで、全国あちこちの天文ファンはこの朝を楽しみにしていた。

暁方の寒さを想い、前夜は着換えずに床に入った。うとうとしている中に、茶の間の方で五時を打つ音が伝わって来た。跳ね起きてジャンパーを引っかけ、そっと戸外へ抜け出る。周囲が戦火で焼けてから展望の利くようになった近くの舗道に立つ。風はないが、しんとした寒さが忽ちに足から這い上り、全身をつつんでしまう。

すぐ東の空を見る。水浅黄に明け始めていたが、肝心のところだけに雲がよどんでいるらしく、今朝の一と役の暁の明星——金星だけが弱く瞬いているだけで、ちょっと失望したが、待つことにして、まず頭をめぐらして火星と土星を眺める。そこを見上げた瞬間の印象は、宝石の碁石をあちこちに打ち並べたということで、それほど整然とした星の布置だった。

ここも大分白み始めた天頂に、双子座《ふたご》のαβ二星が南向きに縦一文字に並び、その間隔五度ほど下にも、二つの大きな星が、もっと間隔をつめて、約二度の横一文字に並び、四つの星で巨大なL字を描いている。この為めに、いつもはそう見えぬ双子二星が、すばらしく引き立っている。

この二星が合をすませたばかりの火星と土星で、左の赤い火星も右の青ずんだ土星も、まだ一等級の光度だから堂々たるものである。それに、あたりのぬか星は消えているので、更に予想以上に立派に見える。

まだ暗い西の空には、三つ星が一文字に横たわり、また南の低い空には、大犬座の三つの二等星が鮮かな直角三角形を描いていて、その上にシリウスが一つ、脈搏《う》つようにきらめいている。

これら四組の直線図形の飛び飛びの対立が、一度に眼を襲い、まさしく棊布《きふ》の印象を与えたのだ。それを見わたしている中に、私はふと古代支那の有名な河洛図を思い出した。

しかし、この間にも私はたえず東の空へ眼を走らせていた。そして、金星の斜め右上に、金色の大きな星が姿を見せると、急いでその方角に向きなおった。果して木星だったが、すぐと又雲ににじみこんでしまった。金星との間隔も案外離れていて、火星と土星との三倍近くもある。

夜明けの風も多少出て来た。松本泰ゆずりの純毛ジャンパーでもひしひしと寒い。見ると、東北の低い空にも一つ、金色の大きな星が瞬いている。中空にやや淡れて大きく立っている北斗の柄の向きから、それが牛飼のアルクトゥールスだとすぐ判った。

待つほどに、空は一だんと明るくなり、南から北へ流れている横雲が、葡萄鼠を染めて浮き上って来、その雲からはずれて、金星が輝き始めた。さすがにすばらしく大きく、きらめきも強く、やはり暁の明星の貫禄をうなずかせる。

やがて、金星から左で、雲のへりからぽつりと星が一つ現われた。木星とは見当がちがうので、不思議に思って見つめていると、その光が真上の雲に反射して金色ににじみ、やがて吐き出されたのは、星ではなく二十七、八日頃の細い月だったのに驚いた。水平に寝ている姿は、まさしく金の釣舟である。

次いでまた金星がかくれ、二すじに棚びく雲と雲の間の明るい空に、月ばかりがしばらく輝いていたが、その間に一度は上下の雲を透いて、木星と金星とが光の点を打った。その中に再び、月も上の雲に入ったが、雲の流れるにつれ、そのうちで明滅するのが、まるで大きな黄金の針で雲を縫い進んでいるようで、ひとりで見ているのが惜しいくらいである。

しかし、程なく雲が完全にそこの空から流れ去ると、鱶《ふか》の腹のような色で、しかも研ぎ澄まされた暁天に、繊月と、木星と金星とが雄大な三角形を描いて、光を争うように晃々と輝き始めた。実に眼の覚めるような壮観である。この思いもうけぬ月が加わってこそ大空の祝祭は真に完璧であり、そして明治節の夜明けでもある、と感じたのである。

今は落ちついた心持になって、私は再び南から西を見上げ、次第に消えて行く暁の星を眺めた。

広い空では、すべての星は一時には眼に入らない。一方の星が淡れるのを見ている間に、他方の星も淡れる。それを捉えるのに眼を移すと、前の星が消えて行く。或る星は眼じりとすれずれで消えて行く。それは庭の霜柱のくずれるのに似ている。目のあたりのが音もなくくずれる間に目づまのはじのももろりとくずれる。応接に遑《いとま》がないとは、まったくこのことで、しかも楽しい遊戯である。光度順に同じ光度の星が一せいに払拭されて行くのを観察するのも、一つ二つと次第に生まれて行く夕暮れの星と違って、興味が深い。

私がこの遊戯を覚えたのは、戦争前の秋、朝の放送の迎えの車を待っていた時で、豆台風が去った後のまだ水っぽい空を見上げた星々だった。そしてその間、庭の樹々が降り落す雫が絶えず庭土にばらばら音を立てていた。その印象を私は放送にも取り入れた。

あれから幾年たったろう。前夜私と台風に閉じこめられた牛込の料亭で、星の和歌を聞かせたひとの生死も判らないし、檜屋敷とよばれていた私の庭もおいおいと燃料に伐り、今は殆んどから坊主で、もう雨後の滴瀝《てきれき》も聞かれなくなってしまった。

星にさえ私は、彼等が戦禍の後の下界へ冷厳な目を投げ、時には照明弾の吊り星や、焼夷弾の火の雨にまざり、敵機編隊までも模倣し劫《おびや》かすことに憤りを感じ、果ては憎悪をまでも抱くようになった。それが終戦の後漸く自分を取りもどし、苦笑し、再び以前のような眼でしみじみと彼等を見上げられたのは、考えれば明治節の明け方のこの空の祝祭が初めてだった。

但し明けはなれたのは、ここでさえ国旗のまばらな明治節だった。

# 十一月(三)

冬浜の満《まん》天《てん》星《せい》に昴《すばる》の綬《じゅ》

昭和18一一・一八　伊勢富田

枯枝に燃えつかむとす昴《すば》星《ぼし》

昭和19一一・一八　伊勢富田

燈《ひ》が照らす冬夜《ふゆよ》の浅き町の川

咳《しはぶ》くや星のうつれる町の川

冬の星ぎつしり郵便局の前

昭和19一一・二〇　伊勢富田

星映す刈田といつかなりゐたり

藁塚の夜《よ》となる頃を通るなり

昭和20一一・二五　伊勢富田

## 昴星讃美

昴《ぼう》は二十八宿の一つで、日本では源順の『倭名鈔』以来、「すばる」と訓じている。すばる乃至すまるは、記紀に散見する上代の珠飾りで、これにあの天上の星団の形を擬しその名としたもの、この解釈は、江戸の狩谷棭斎に始まり、そして定説となっている。関東では、その数による六つら星の名を伝えていた。

まだ残暑にあえいでいる夏でも、夜が更けてすばるが東の空に霧をふいた螢籠のように青白く茫と懸っているのを見出すと、やがて秋風がおとずれ次で露霜の初冬が来るのだという感がしみじみ深い。俳句では江戸時代に一二これを詠んだものを発見する。談林の句の猥雑な意味を判らぬままに引用している天文書などもあった。

現代では誓子氏に、この星団を讃美した句が多い。そして氏は、

露けき身いかなる星の司どる

の句解でも、もし自分を司どる星を選べとあれば、躊躇なくすばるを選ぶとさえ言われて

いる。以下恣《ほしいまま》にすばるの句を抜いてみる。

露けさに昴の諸星弁別す

露気天地に満つる清夜である。星そのものも露の珠のように潤みきらめいている中に、六つら星を仰いでその一つ一つがはっきり数えられた喜びを詠んだもの。注意すれば判ることだが、この星団は単に六つの星の密聚であるのみでなく、謂ゆる星雲状物質に包まれていて、全体が青い光でにじんでいる。それで、星の一つ一つが識別できない時でも微茫と青い塊りになって見えるのはこの為めで、神話でも、この星の姉妹はいつも泣き濡れていると伝えられる。誓子氏の俳句鑑賞にもこの事実を念頭におくべきだろう。

暗き雁暗き昴を見て帰る

同じ語、同じ音の反復と二物の対照とによった氏独擅《どくせん》の叙法の一例。句底から雁の声もはっきりと聞え、何とも幽渺な思いで悩ましくさえなる。氏の私信を引くことを許されれば、

「外出しまして、暗い空を鳴き渡る雁と微茫と暗くかかっている昴とを仰ぎ仰ぎして、家に帰って来たのであります。いずれも暗い雁と昴とを見て帰って来たのでありますが、昴は、鳴き渡る雁の方向にあったことは御解の通りであります。」

すばる星楼閣のごとしぐれけり

六星を結ぶとほぼ長方形に柄をすげた形になるので、羽子板星初めいろいろの和名がある。私は初めこの形に捉われて、「楼閣のごと」の解釈に迷い、教えを求めて、生物識《なま》りが恥しくなり、且つ詩人の眼はこういうものかと驚いてしまった。昴が時雨ににじんで、まるで燈を点けない遠い楼閣のように思われた、というのである。私はふと、西洋の昔のガレオン船の後尾の船室の窓あかりが、暗い海上でそこだけ浮いている夜景を空想した。

雪ぐもり昴しばらく懸りたり

茫と見え又ひとつづつ寒昴

雪もよいの空にやがてにじみ消えて行くまでの間のすばる。大気の荒い流れの奥で、且つぼやけ且つ一つずつ浮き出るすばる。特に後の句では、それだけの時間的変化を十七字詩で言いつくしている。

こがらしや昴ほぐるることもなく

こがらしや西へまはりし昴星

一は、木枯しがびょうびょうと吹き荒んでいる中に立ち、すばるを見上げた刹那の感じである。木枯しにも吹きほごされないと言うのではない。二も、木枯しの中に立って、いつか西へ移っていたすばるに「もう、あんな処に」と軽く驚いたのである。共に木枯しの夜の感じが自然に強調されている。

枯枝に燃えつかむとす昴星

枯木の間に、或いはすれずれに、鮮やかに懸っているすばる。風に枯枝が揺れると、すばるもきらきら閃く。それが今にも燃えつきそうな印象である。私はこの句に、早春のころ、天狼が南西に低く孟宗藪の梢に懸った時、竹の葉ずれで火花のように爆《は》ぜるのを見たことを思い出す。

冬浜の満天星に昴の綬

寒昴天のいちばん上の座に

伊勢の浜辺から海上へかけ、オリオン初め偉大な冬の星座が空を埋め、互いに光相射ている。更に天頂で、すばるがこれら諸座に綬を懸けているように輝いているのである。この句には、すばるの語原、古事記神話の八尺瓊之勾珠之五百津美須麻流之珠《やさかにのまがたまのいおつみすまるのたま》が自然に想起される。寒昴では更に凛とした霜夜の星々が天上会議をでも催しているような、その上座《かみくら》に君臨しているすばるである。表現も自ら強い韻律に成る。

こうして、誓子氏は、晴、曇、露、霜、時雨、木枯しに、雪もよいに、昴星の種々相を捉えて余すところがない。正に星辰詩歌に綬を飾るものと言おうか。

## 十一月（四）

寒星の道や姉弟《きやうだい》手をつなぎ

白鳥座さむざむ東京への打電
昭和20一一・二七　伊勢富田

町角に寒星の天向きを変ふ

提灯に息白き夜をもの搬《はこ》ぶ
昭和20一一・二九　伊勢富田

慶州

仏国寺駅寒夜《かんや》の汽車に松明《まつ》かざす

上天《じやうてん》に集りて韓《から》の星凍てし

温突《おんどる》は洋燈《ランプ》とぼせり燭台に

昭和9一一・二九　朝鮮仏国寺

## 山火事

甲府へ行った頃の或る年の日記を繰ると、十一月のところに、

十五日　鳳凰山の山火事。今日は十日ン夜《とおか》なり。——籾をとりし祝いに今夜中餅を搗《つ》き、稲こきにそれを持ちて通うという。

二十日　白峯に雪降る。満山白皚々《がいがい》。夜、一等星のみ明かに雨後の潦《にわたずみ》に影を落す。十五日の月冴えて霜の如し。鳳凰一帯の尾根模糊たる上に、白峯真白く連なる。富士朦朧。山火事。

とあった。

これで思い出したのだが、甲斐ケ根颪の吹く日、吹かぬ日、また晴れた日にも曇り日にも、市中の旧天守台に登って方十六里の甲府平を見わたすと、それを取り巻く高い山脈のどこの中腹にか、山火事の烟が大きく匍《は》っているのを見出さないことは稀だった。それは毎年、この日記にもある十一月から始まって年を越え、二月の末頃までつづく。その早春

の頃は殆んど毎晩のようである。

あすこで裏富士といっているその手前の山脈にも度々見られたが、最も多いのは信濃寄りの北巨摩で、駒ケ岳から土地で西山《にしやま》と呼ぶ地蔵、鳳凰山脈へかけ、七八千尺もある中腹がよく焼けていた。

昼の間は、あんな処にどうして火が始まったろうと訝《いぶかし》まれるような高い沢で、まず七八町もあろうかと思われるほどの長さに、赤黒い煙だけが見える。冬の日が落ちて雪の山々が鼠いろに寒々と暮れて行き、東南の富士の頂だけに紫いろがほのかに残っている頃になると、その煙のひまから燠《おき》のように生赤い火の舌が見えて来る。

西山《にしやま》の中腹は山ひだが段々に折り重なっているので、その蔭から燃え出た火は、焔がそのひだなりに渡って行く。時には、それが二重にも三重にも重なったり、急に大きくかっと燃えさかることもある。また風が変ると、イルミネーションのように一文字に連なっていた火が見る見る半ばから折れて、夜の黒い山の額《ひたい》を、二またになったり、冑《かぶと》の鍬がたのようになったりして生きもののように這い上がって行くこともある。こういう光景は、離れて甲府の町中で眺めていても、この風にあの火がどう拡がるのかと不安なほどなのに、よくしたもので、大てい翌くる朝までには痕かたもなくなっている。

舎監で当直の晩、就寝前の点呼を終った舎生たちが、角のガラス窓の前にかたまって、

「えれえ山火事だなあ」と言いながら見ていたのも、鳳凰山が焼けていたのだが、私が深夜の凍るような廊下を見廻って、その窓に来て、木枯しにびりびり鳴っている硝子越しに覗いて見た時には、もうろうと白魔のような雪嶺の頂に、オリオンが落ちかかっているのを発見しただけだった。

そういう山地から来ていた舎生の一人が、大学生となって遊びに来ての話に、村人たちは仕事の手休めの間にふと近い山の火事が眼にとまっても、地元に関係のない山だとあぐらのまま、

「今日のはでえぶでかいぞ」と呟くぐらいで、また仕事にもどる。そして奥山に起った火事でも、一晩の間にどうなるのか、星のある中から山稼ぎに出る人たちの眼をひく一筋の火も残っていない。

学生はまた、こんな思い出話もしてくれた。――

山家では晩秋から早春にかけ、雨も雪も稀れな天気がつづき、大気が乾いている頃には、囲炉裏にかけてある大鍋の煤に火がちらちらと移ることがよくある。炉から下ろしても暫くは消えずに、ぽつりぽつり消えてはつき、ついては消えて鍋じりを伝って歩く。それを「野火がついた」と言っている。

「おお、野火がついたぞ。どけえらかに山火事がなけりゃいいの」と、炉べりでいつまで

も地酒を飲んでいる祖父がいうと、子供たちは慌てて附木などで、その煤を払い落すが、灰に落ちてもまだ赤い火がぽろぽろ燃えている。

寒い晩など、退屈な子供たちは、線香に火をつけて、炬燵の山の蔭でくるくる振り廻しては火の輪の舞うのを面白がって、「山火事だ。山火事だ」と声を揚げる。それを聞くと、年寄りなどは、目玉の飛び出すほど叱りつける。

冬の間子供たちはよく涸れがれな谷川べりに集まって、石でかまどを組み、流れ木の焚火をする。それが、粉雪がちらちら舞い出すと、暮れがたの山路を小鳥のようにばらばら駆けて帰る。村の入口近くになると、背中の赤ん坊が「ぶうぶう」と言って、甚平の下で手をもぞもぞさせる。子供たちも頭も上げて、村のうしろの木切沢の上に、鈍色《にび》にためらっている煙を見つけ出す。

「あれ、山火事ずら。火が見えらあ。」

「誰がつけたずらか。けえってそう言うべえね。」

「あばな。」

「あばな。」

「山火事焼けろ、乞食はあたれ、燃し木は逃げろ。」

「ほっほ、法螺《ほウら》の貝《けえ》、山《やアま》焼ける、雉子の子う。」

口々の唄の声がてんでの家の方へ別れて行く。

雪は日が暮れるにつれ、ようやく繁くなるが、火はそれでも赤い焰をぺらぺらと光らせて来る。山ふところの寺の鐘が口ぐ《く》もり声で、ごうんごうんと鳴り、灯のともり始めた村から、若者たちが、ばらばら暗い坂路を駆け上って行く。

風の強い晩には煙全たいがまっ赤な火の色になるし、ばりばりぴちぴち爆《は》ぜる音までが手にとるように村まで聞えて来る。麓から見上げる火の手がいかにも強く物すごい。子供たちはおびえて、母や姉の袂をつかまえたきりでいる。

「村の寄合いや、夜なべ仕事から帰る途中、まっ暗な岡の上から遠くの山の焼けるのを見るのは淋しいものですよ。お互いに口数も少く、夜ふけの寒さに胴ぶるいしながら、顔を並べているどの眼にも、ぽつんと赤い点が映っているのです。………そしてまた」と文学好きで、私の星の弟子でもあった青年は、予めフィナーレを用意していた。

「そんな晩の星の冴えかたったないのです。一升星さん（すばる）は、九つも十もはっきり見えますし、三つ星さんは大竹藪の上にぎらぎら一文字に立っていて、ゆうべより大分遅いのを教えてくれているのです。」

## 十二月（一）

夜《よ》を帰る枯野や北斗鉾立《ほこだ》ちに

大正14一二　摂津蘆屋

おほわたへ座うつりしたり枯野星

大正14一二　東京

寒夜駅頭

駅さむく高き弧燈に照れるもの

駅に見て冬の太白《たいはく》地に低き

寒き夜の貨車に車掌の燈《ひ》はあれど
貨車ゆきぬ地上寒燈青きゆゑ
昭和8一二　大阪

寒夜（1）
星降《お》りて枯木の梢《うれ》にゐ挙《こぞ》れる
月光は凍りて宙に停《とどま》れる
月凍り星をして星たらしむる

月凍り熊星《いうせい》北を晦《くら》くせる

昭和12一二　大阪

寒夜（2）

オリオン座出でむと地《つち》に霜を降らし

オリオン座ひとより低く出《で》し寒夜

昭和12一二　大阪

# 冬星古句

私が屢々引用している古人の冬の星の句には、まず

それぞれの星あらはるる寒さかな　太祇

がある。単純な句ではあるが、初冬に東から相次いで昇って来る、オリオン初め夥しい霜夜の星のきらめきを目に浮べさせて、昼間でも襟もとがちり毛立って来る。そして太祇が、少くとも或る程度まで星を知っていたことを思わせる。但し彼の句集からは、この他に夏の季に星を詠んだもの一句を拾いあてたばかりだが。

この句で毎度私が聯想するものに、建礼門院右京太夫という女性歌人の、星夜讃美の名文がある。師走の夜半に見た星々を

「……五こうばかりなどにやと思ふ程に、ひきのけて空を見上げたれば、殊に霽《は》れて、浅葱《あさぎ》色なるに、光ことごとしき星の大きなるが、むらもなく出でたる、なのめならずおもしろく縹《はなだ》の紙に箔をうちちらしたるによう似たり、」

云々と叙している。この星月夜の描写は清少納言にもなかった。時代はやや下るが、厳島経巻の紺紙に繊麗な金銀の刷箔が目に浮ぶ。これは王朝宮廷の才媛、夜半の寝覚めに螺鈿の炭櫃《すびつ》の埋火に手をかざして「おもしろし」と詠嘆したのであろう。太祇〔炭太祇《たんたいぎ》 江戸中期の俳人〕は後代、同じく京洛市井の俳人、耄碌《もうろく》頭巾に首をすくめ、草庵の煤け障子から覗いて、「寒さかな」と呟いたものだろう。おもしろい対照である。

次ぎに私は

星冴えて江の鮒ひそむ落葉かな　　露沾

を好む。深沈たる寒江夜景、誰れしも水底にもある星影をも想い浮べる。

私は近ごろ、この句に高青邱の

船を放ちて覚えず露の衣を沾《うる》ほすを
燭《ともしび》を減《ほそ》うして始めて看る星の罶《やな》に在るを

の名句を思ったのだが、ふとこの詩句に「露沾衣」の文字のあるのに気がついて、露沾の俳名も、或いはまたこの傑れた句も、ここに出たのではないかと考えたのである。尤も陶淵明の『帰田園居』の第三首にも「夕露沾我衣」があり、あまりにも有名なので、この磐城平の城主《とのさま》もあっさりと、その方から選びましたのじゃ、と仰せられたかも知れない。

池の星またはらはらと時雨かな　　北枝

この北国加賀の俳人を代表する句で、誓子氏にも鑑賞の一文があったし、同じ国に生まれた室生犀星氏は「郷土の風色をあまさず写している。その閑かに鋭い冬が、淵のような池水に映る星の明りに見出されている」と評しておられる。これ以上付け加える言葉はない。

初霜に行や北斗の星の前　　百歳

誓子氏の教えを乞うて知ったのだが、百歳は伊賀上野の人、西島氏、十郎右衛門、蕉門であり、元禄二年にはこの句を「霜に今行や北斗の星の前」を発句とする歌仙が百歳亭で興行され芭蕉も列した由である。

この句の鑑賞に就いて誓子氏は、「……初霜を踏んで――作者はこの北斗七星に向って歩いてゆく。北斗七星は、まるで空の壁に描いたように、作者の前に聳立《しょうりつ》している。作者は自分と相対立するものとして、この北斗七星に近づいて行く。夜明前の荘厳なる一刻。天体を詠んでこれほど絢爛たる作品があろうか。驚嘆の外はない」云々と、絶讃されている。

なるほどと、この鑑賞を読んで、私も推服させられたが、しかし私の興味は、むしろこの現代俳壇の飛将軍がまだ若くして――そう氏は付記されていた――独自の観方でこの句を説明した文章の方にあった。そして「空の壁に描いたように」が、氏の、

寒の星みな立つ天の北の壁

に詠み上げられていることを知れば、この興味は更に加わるであろう。

終りには、俳諧勧進牒の巻頭から

星あかりはやきは鵯《ひよ》の羽音かな　粛山
網代の小屋を起す獺《かわうそ》　其角

を引こう。

わびしい里川のまだ夜も明けず、星影も映っている暗がりに、鵯の羽音のみがぱさぱさと聞えている蕭条たる情景。晋子の脇句、網代守を驚かす獺は更にそれを濃かにし、俳趣横溢している。私はこれに猿蓑の

股引の朝からぬるる川こえて　凡兆
たぬきをおどす篠張の弓　史邦

の一連と、野趣と情景とに於て相通ずるところがあるように思い、併せて愛誦している。

# 十二月（二）

こがらしや火星高きへなほ登る

昭和18一二・一　伊勢富田

咳すれば暮るる景色の鮮明に

冬の燈《ひ》がさして町川走せゐたり

こがらしの絶えて鬱鬱たる星座

昭和20一二・一　伊勢富田

海の村寒き金星一顆《いっくわ》のみ
昭和16・一二・三　伊勢富田

寒星《かんせい》の白鳥は尾も頭上過ぐ

寒星に石炭掬《すく》ひやまざるも
昭和20・一二・三　伊勢富田

昴星《すばるぼし》楼閣のごとしぐれけり
昭和20・一二・四　伊勢富田

寒星やとぼそ洩る燈《ひ》のおのづから

投函の後《のち》ぞ寒星夥《おびただ》し
昭和20一二・五　伊勢富田

いま着きて夜寒の町に降《お》り来《きた》り

踏切に汽車のぬくみのある夜寒

寒星はただ天に倚る海の上
昭和20一二・六　伊勢富田

寒の星みな立つ天の北の壁
昭和17一二・八　伊勢富田

# 寒星

誓子氏には冬の星の句、特に寒星を詠んだ句が頗る豊富である。そのほんの一部を私の立場から乱抽して、しろうとの贅註と断想を添えてみる。まず十二月の開巻第一句

夜を帰る枯野や北斗鉾立ちに

は、氏自身にも会心の句である。広々とした枯野の果てに鉾立ちする北斗は、冬の威嚇を象徴し、季感を鋭く表わしている。注意していいことは、出没に近いこういう星の群れが著しく雄大に見えることであろう。

おほわたへ座うつりしたり枯野星

恐らくオリオンであろう。東の地平線から現れた時には三つ星は直立し、天の猟人オリオンはまだ寝釈迦像のように横倒しになっていたのだが、その珠の帯である三つ星が傾くにつれて、この巨人は次第に起き上がり、南の中空に移ったころは、雄大に天上に立ちは

だかる。否、この姿にこだわるまでもない。枯野の空にまだ低く見たこの星座がいつの間にか海上へ移っていて、実に大きく高々と仰がれること、それに対する驚きと興味とを感じた句と取るべきだろう。

「おほわた」の万葉語も、更に「座うつりしたり」も、この大星座にふさわしく苦心された言葉である。

次ぎに金星を扱ったものが多いが、まだ秋半ばの句には、

木犀の香や金星の方角に

があった。夕明りに立って金星を見ていると、ふと木犀の香がそっちから強く漂って来た。それが何か金星から来るもののように感じられた句意かと思う。

駅に見る冬の太白地に低き

氏の句に屢々見る独特な低い視角を、外合を終り宵の明星として現れたばかりの金星に用いたもの、金星を見はるかす高い歩廊を、吹き抜けるのは極月の風である。

海の村寒き金星一顆のみ

私はこの句に、「山海沈々として今か暮れなんとす」という平家か何かの文章を思い出した。蒼茫たる暮色の裡に、海も漁戸も凝然とクリスタライズされて、金星ただ一顆、それのみ生あるもののように、しかも静かに静かに瞬いている。私の最も傾倒する句の一つ

で、なぜか牡鹿半島の漁港鮎川の淋しかった景色が眼に浮ぶ。

秋の暮金星なほもひとつぼし

も、西の空に、今日もいつもの金星ばかり一つ、ぽかりとランプを点けていて、晩秋の感じを深めている。

やがて慌しく冬の夜が来る。秋夜の星と天の川とは、いわば霜夜のページェントを用意するまでの幕間である。私たちは深冬の星々が単に荒い気流の中できらめきが強いばかりでなく、一年四季を通じていかに豪華なものであるかを知らなければなるまい。

こういう星座の中心となるものは、もちろんオリオンである。全天にわたって一等星と呼ばれる星は僅かに二十、二等星にしても六十を数えるに過ぎないが、オリオン一座だけで、中に二つの一等星、五つの二等星を含んでいる。そして、その周囲の諸星座を併せると、空のこの区域のみで七つの一等星、十二の二等星を聚め、一等星の中には超一等級のシリウス、漢名の天狼をも含んでいる。もちろん三等星以下は夥しい数であり、その色も青、紅、黄と様々である。加うるに、星の密集する謂ゆる星団、昴《すばる》と釣鐘星（ヒヤデス）を牡牛座に点じ、オリオン座には大星雲が妖しい燐光に燃え、更にここの空を貫いて天の川が朧ろ銀の光帯を引き延《は》えている。

しかも、眼を捉えるのは、それればかりでない。三つ星を中軸とするオリオンの大四辺形、馭者座の大五辺形（五かく星）、双子座の二長列（門ぐい星）、大犬座の直角三角形（鞍かけ星）等々が、整然たる星の直線図形を空の壁に縦横に描いている。そして、これらの星々が霜の夜闇に磨かれ、鋭い光芒を放って性急にきらめき、そこの空一帯を脈搏たせているのである。

こんな天上風景は冬の夜ばかりにしか見られない。撩乱や絢爛では言い足りない。正に放縦である。voluptuous である。天の乱舞である。もしここの星々のきらめきに音を与えたなら、ベートーヴェンの大交響楽どころではない。瞬間、耳がけし飛んでしまうだろうと私は屢々空想さえもする。

さて誓子氏はこれらの星を知っており、知る楽しみを知っている俳人である。

寒星を見に出かならず充ち帰る

さいはひは寒星の座を指し得たり

この短詩句に私などの冗長な舌は苦もなく封じられる。或る夜は、

江に深く落ちし寒星見て通る

が、空を埋めてなお余りあるほどのきら星は、広い水鏡にも捉えきれない。

江上に寒星すべてうつし得ず

それに、東を見れば地平の濛気ににじんで、まだ昇りかけている星々がある。その中に

はオリオンの中空におさまるのを待って現れた猟犬シリウス、天狼も加わっていることだろう。

枯 野 よ り な ほ 星 辰 の 現 る る

或る夜は巷に足を留めて、空の大観に恍惚となる。

投 函 の 後 ぞ 寒 星 夥 し

町 角 に 寒 星 の 天 向 き を 変 ふ

ぽとりと郵便を落して気分の転換した心で空を仰ぎ、星の饒多なのに見入ったのである。後の句は、氏に独特の映画的手法である。町角一つもおろそかにしないのは驚くべきことである。

或る夜は、白々とした障子の書屋の裡に、戸外の霜におごる星を思って、

寒 星 の に ほ ひ 障 子 に う つ る か と

この鋭い感覚は次ぎの句に於て更に著しい。

強 震 の 夜 の 寒 星 を 密 に せ し

凍てた夜の浜辺で、北の空に光を凝らす星々を仰いでは、

寒 の 星 み な 立 つ 天 の 北 の 壁

と詠み、沖が潮曇りの海の空を仰いでは、

寒星はただ天に倚る海の上

と詠む。因みに「天の北の壁」では、百歳の「初霜に行や北斗の星の前」の句に対する氏の鑑賞を想起すべきだろう。(「冬星古句」の章)

空林に入りて寒星ふりかぶる

星降りて枯木の梢《うれ》にゐ挙《こぞ》れる

私は二月の夜、アルゴー座のカノープス、漢名の南極老人星を近い野面まで見に出て、途中榛の枯木立にかかったオリオンを眼にした瞬間、ほの暗い金堂に仰いだ金糸銀糸の繡仏像を思い浮べたことがあるが、この句は正しくその景観である。

月凍り星をして星たらしむる

この句の表現もすばらしい。月の凍る冬夜ではなかったが、以前の銀座には空が深いインディゴーのような夜があった。西空に月が切り抜いたように金色に凝っていて、その効果から星の一つ一つが黒い空からかっきりとポイントになって浮き出で、それぞれの色が強調されてきらめいていた。正に月光が星をして星たらしめていたのである。

誓子氏はまた、こういう寒星の間を赤く輝きつつ遊行する火星をとらえて、

こがらしや火星高きになほ登る

雪ぐもり火星はもはや高からむ

の句がある。冬の夜は黄道が高くなるので寒月も天心に凍るし、惑星も高いところを行く。火星が、木枯しが吹きすさんでいる下界をよそに、火のつぶてを投げ上げるように天頂へ天頂へと動いて行く驚きを表わし、また雪ぐもりの彼方の赤い光を思ったのである。

さて、寒星も早春となれば、漸く眼になごやかに映って来る。

寒星の天の中空はなやかに

これがやがて春宵の星の馥郁たるを想わせるのである。

# 十二月（三）

強震の夜の寒星を密にせし

こがらしや西へまはりし昴星《すばるぼし》

昭和19一二・八　伊勢富田

こがらしや運行終る西の星

こがらしや昴《すばる》ほぐるることもなく

昭和20一二・八　伊勢富田

天濁りそめぬ寒星あまた出で
寒星のにほひ障子にうつるかと
カアテンのひまに夜寒の星三五
オリオンが枯木にひかる宵のほど
オリオンの出て間もあらぬ枯野かな

昭和20一二・九　伊勢富田

寒《さむ》白《じろ》きものの大犬の牙の星
昭和20一二・一〇　伊勢富田

恍《ほ》れ恍《ぼ》れと冬の金星立ち眺む

江《え》に深く落ちし寒星見て通る
昭和19一二・一一　伊勢富田

寒月の下《した》閃きて星こぼる
昭和21一二・一二　伊勢天ケ須賀

オリオンは一星遅《おく》る冬の宵
昭和20一二・一三　伊勢富田

# オリオン頌

岡倉天心先生は、薬師寺三尊に就いて講ぜられた冒頭、いきなり「あの像をまだ見ない人があるなら私は心からその人を羨む」と言われたという。

私はこれを和辻哲郎氏の「岡倉先生の思い出」で読んだ時、いかさま天心先生らしい激しい芸術愛の言葉だと驚嘆したが、その年の冬、オリオンを初めて見た人から純朴な感激に満ちた手紙を貰い、自分はこれだけの感激をもうあの星座から受けることは出来ないと思った時に、ふと先生のこの言葉を思い出したのである。オリオンの雄麗を知るほどの人なら、これを先生の言葉の「あの像」に入れ換えても、そう誇張とは思われないだろう。

と言って、偉大な芸術品がすべて永久に新しいように、オリオンが初冬の夜、東の地平から一糸乱れぬシステムでせり上がって来た姿は、実に清新で眼を見はらせるほど生き生きしている。これを年々眺めてもう四十年余りにもなるのかと、顧みて今さらに驚きもし、同時にその恒久の美に讃嘆を新たにするのである。

真夏でも暁天ならオリオンが見られぬことはない。しかし普通には、暮春のころ西に沈むのを見送ってから、まず半年は見られずにいて、そして何かにつけ思い浮べてはいても、自然に印象が朧ろになっている。それが久し振りで現れるのを見ると、私などは知らず知らず忙しく眼を配って、あの星もこの星も前といささかも変らぬ位置に在ることに、何か安心に似たものを感ずる。同時に、こうして変りのないことそのことにも、更にまた、こういうものが、この宇宙に存在し、目のあたりに出没しているという事実にも、何か不思議を感ぜずにはいられない。

この雄麗な星座に、昴《すばる》と共に、誓子氏の句作が多いのは当然なことである。

　オリオンが出て大いなる晩夏かな

何かの仕事に思わず更闌《こうた》けて、夜半ともなったのだろう。夏も末で、昼のほとぼりも残らず、と言ってまだ秋冷を感ずるというほどでもない。のびのびした気持で、ふと窓からのぞくと、たえて久しいオリオンが東に現れていた。それが今の心の眼に、実に大きく映ったのである。

　露更けてよりオリオンの地を離る

　オリオン座出でむと地《つち》に霜を降らし

一は、露しとどに下りた秋の野末にせり上ったばかりのオリオン。二は、霜満地の枯野の果てに一、二の星を覗かせたばかりのオリオン。うるんだ光と、冴えた光とをそれぞれ露と霜とに結んで、それを大地に用意させ、或いは星自身それのエージェントでもあるように直感して成った句であろう。

オリオンの出て間もあらぬ枯野かな

オリオンが枯野の上に離れたり

枯野から現れたばかりの、また出はなれてやや居すわったばかりのオリオンの感じを巧みに詠みわけている。誓子氏が一時代を画した『黄旗』は、特に三十数句の大陸の枯野の句により読者を圧倒した。それらの句もそうだが、右の星二句でも、吾々は枯野の地平線を視界の果てに極めて低く、強く横に引いて味わなければならぬ。

更にオリオンの場合、忘れてなるまいことは、三つ星がこの枯野の線に対し、強く垂線を立てている事実である。併せて、太陽、月及び星座の姿に見る謂ゆる地平拡大の現象で、三つ星では中天に昇った時の全長三度より、約二倍も大きく見えることである。この二つのことを眼に思い浮べてみないでは、これらオリオンの句の価値は著しく割引されるに違いない。

これは次ぎの句で更に首肯されるだろう。

オリオン座ひとより低く出し寒夜

氏の好きな――と敢て言おう――「低く」で、見る人の黒影は高く寒ざむと立ち、それに対して枯野の果てに大きく直立したオリオンが一そう鮮かに眼に見えて来る。

オリオンが枯木にひかる宵のほど

やや昇ったが、宵の間はしばらくまだ枯林の間にあって、この大星座の星々が枝々の間にきらきら輝いている。クリスマスツリーの豆電燈のように、――遺憾ながら、五月二十四日、私の庭木の枝をちりばめた焼夷弾の五色の火のように、とも言おうか。

更に枯林を鳴らし、星々へ枝をなびかす木枯しがあれば、即ち

オリオンの東へ木木を枯らすかぜ

の句を生む。驚くべき簡勁《かんけい》な表現である。

オリオンは一星遅る冬の宵

オリオンを愛しているこの作家は、三つ星の直立している姿だけではまだ意に満たない。それを囲む雄大な星の四辺形に眼をとどかせようとし、逡巡としている一星の影を地平の濛気の裡に索めたのである。

寒き夜のオリオンに杖挿し入れむ

この星座が全天にも稀れな星の直線美を描いていることは前にも言った。周囲をかこむ大四辺形の中で、三つ星自身がまた、広く「酒桝《さかます》さん」といわれる正方形を描いている。

ともかく作家は、寒夜に天の壁から浮くこの直線形を見た瞬間、ふと携えている杖をつっこんでみたくなったのである。これは星との距たりを無視した詩人の驚くべき感覚である。誓子氏もオリオンの句ではこれがいちばん好きだと言われている。

# 十二月（四）

霊柩と行く提灯に冬の星
かたまりて行く電線に冬の星
昭和19一二・一四　伊勢富田

寒月の曇り稲塚くづをれて
昭和20一二・一六　伊勢富田

雪ぐもり火星はもはや高からむ
雪の夜にたかぶることもなくなれり
昭和20一二・一八　伊勢富田

寒星や遠くまで来て投函す

昭和21一二・一九　伊勢天ケ須賀

雪ぐもり昴《すばる》しばらく懸りたり

昭和20一二・二一　伊勢富田

枯野の燈《ひ》どの星よりも低くして

オリオンが枯野の上に離れたり

その星を知らざりし冬幾《いく》十《と》年《とせ》

雪ぐもる天いちめんの星あかり
昭和20・一二・二五　伊勢富田

塵などを妻寒星の下に捨て
昭和20・一二・二二　伊勢富田

天狼のひかりをこぼす夜番の柝《たく》
昭和22・一二・二一　伊勢天ケ須賀

はらはらとしぐれて馭者の五角星

寒《かん》昴《すばる》天のいちばん上《かみ》の座に
昭和20・一二・二四　伊勢富田

# 天狼

戦争のどさくさで惜しくも切抜帳をなくしてしまったが、一ころ古家榧夫君が毎月の雑誌から星を詠みこんだ諸家の俳句を写しては呉れた。その中に、この言葉は元からあるでしょうかと訊いたのが「荒星《あらぼし》」だった。初耳だったし、感心もした。

寒星は冬夜の星を蔽《おお》う語だが、特に寒気が厳しく気流の動きが激しい夜々の星は、自然と瞬きが荒い。まさしく荒星である。むろんその中心はオリオン座と、それをひしひしと取り囲んでいる一等星と二等星の群れで、とりどりの色と光りとに競いきらめき、霜に凍って硬い鋼鉄光の空の壁がびりびり震えているように見える。しかも寂として音一つ聞えないのが、見上げていて凄味をさえ感じさせる。

こういう荒星の極まるものは、大犬座の超一等星シリウス、支那名の天狼で、行きずりの眼をも必ず二分三分は捉えずにはおくまい。

寒星を見に出天狼星を見る　誓子

別けても木枯しや霜の強い夜の天狼の性急な、時に兇暴であるきらめきには、じっと見ていると、こっちの息づかいまで引きずられるような気がする。私は屢々天狼を凝視しながら手首を押さえてみる。すると、その脈搏がいつか彼の throb に応じて来て、遂にそれが手首にじかに響いているような錯覚を感じ、不気味にさえもなる。

天狼に次いできらめきの忙しい星には、夏から秋の蝎座のアンタレースがある。支那名の大火の名に負う紅い星で、時に暗紫色を潮《さ》し、まがまがしい印象を与える。これが冬の荒星に加わったなら、中米のマヤ族が「死神」と呼んだのを頷かせるだろうが、涼夜の空はその実感を緩和させている。

それに天狼は普通は鋭い青白光で、和名も青星《あおぼし》であるが、しかし単純な青ではなく、その色を急激に変化することも全天一である。一秒二秒の間にも虹の七彩を反復する。そしてテニスンが、「火の色のシリウス、エメラルドに、紅に色を変ゆ」と歌った通り、或る瞬間アンタレースの真紅にもなる。私には、その刹那、星が裏がえったという感じがして、

大霜の青星紅《あ》けにうらがへる

の句がある。やや得意だが、誓子氏は説明がないと分るまいと評して来た。

天狼又は狼星は、『史記』天官書以来の名で、そのすぐ西の野鶏という星を狙っている為めの命名らしいが、抑もは荒星の印象に由来するものではないかと思う。今でも曠野や

沙漠に彷徨するという豺狼《さいろう》の眼の夜闇にきらめく燐光を思う。それも老狼の隻眼でもあろう。現に蒙古包《モンクパオ》に住む漠北の種族は、天馬座の大方形を描く四つの星をショノインズルプンニト（狼の眼）と呼んでいる。

また高青邱の『卞将軍墓』に、「天狼夜血を流す」の句がある。これは虜を屠る意味で、天狼が殺伐を主《つかさど》るとする星占いから来ている。しかし、これもこの星の吐く悪剣のような殺気にもとづくものだろうし、自然にまた、滴る血の色に裏がえることをも聯想させられる。

偶然の符合らしいが、天狼は星座では大犬座の主星である。そして古い星座絵図では、小犬座がおとなしい犬ころであるに対し、大犬座は牙を露出した獄犬ケルベロスの兇相に描かれ、この星は頤《おとがい》に位置している。これは、その固有名シリウスがギリシヤ名セイリオス（焼き焦がすもの）の転訛で、太陽と並んで三伏の炎暑をもたらし、草木を枯死させ疫病を流行させる星占いが生んだもので、溯れば同じくその光芒に帰せられるだろう。

寒白きもの大犬の牙の星　　誓子
天狼の趾《ゆび》かそれとも枯野の燈《ひ》か　　同

後の句は私に、ホメエロスが「紅いの指のあけぼの」と詠んでから、後代の詩人が屡々《しばしば》明星その他強い星の光を「指」に喩えていたのを思い合わさせた。

因みに私は何年か前、誓子氏から星による句集の名を求められて、「天狼」を提案した。すると波津女夫人が怖い名と評されたので、暫くお預けとなった。それが後に、氏が主宰する俳誌に命名されて、やがて俳壇の一角に、強い光芒を放つこととなった。私の深い面目である。この場合私は、古代エジプトでは、天狼がナイル河の増水と時を同じくして暁天に昇ったので凶星どころか、大吉の星として崇拝され、エジプトの暦はこの星の日出前出現を元日とする謂ゆる狼星暦であることを思い、それに附会していつも『天狼』を祝福している。——むろん、氏はこんな星占いなどに拘泥されはしないが。

## 十二月（五）

寒星を見に出《で》天狼星を見る

昭和20一二・二六　伊勢富田

寒星を頭《づ》巾《きん》眉《ま》深《ぶか》くして眺む

昭和20一二・二八　伊勢富田

オリオンの東へ木木を枯らすかぜ

寒き夜のオリオンに杖挿し入れむ

昭和20一二・二九　伊勢富田

水撒きし鋪道にうつれ除夜の星

除夜かかぐ馭者の大きな五角星

天狼星ましろく除夜にともりけり
昭和20・一二・三一　伊勢富田

スバルけぶらせて寒星すべて揃ふ
昭和25・一二・三一　伊勢白子

# 鐘の声

一

七部集の「冬の日」しぐれの巻に

三日月の東はくらく鐘の声　芭蕉

秋湖かすかに琴かへす者　野水

がある。私はこの翁の句をくり返すたびに、身うちの戦《おのの》くのをさえ覚える。露伴先生はこれに、「こゝはたゞ暮色の暗きが中より、夕梵《せきぼん》の響の諸行無常を告ぐるに、塵念水の洗ふが如くなりて、宿迷忽ちに解け、心身脱落して、頓に真諦を得るところを、それとも云はずに現はせるところにして、句づくりの妙再読三読せよ、人をして感涙の下るを覚えざらしむるものなり。」云々と以下珠玉の名文で註せられ、「鐘声西より来るや東より来るや、試に道《い》へ。噫吾亦饒舌せり。」と結んでおられる。

私のような平々凡々人は、ただ鐘の音と共に夕闇しずかに空へ昇りひろごり、やがて落ち方の三日月をもひたすことを思うだけで、陰々たるその気に、わけもなく感涙を下すのである。私は芭蕉のこの天文の句を「荒海や」の句よりも高く買っている。

試みに過去の日本の国民生活及びその文学に織りこまれている鐘の音を考えてみたら、興の深いことだろう。妻の父大島正健先生は、鐘声の「鏗々」は支那音の kang kang を知って初めて頷けると教えてくれたが、やはり不自然でも「こうこう」と読むのでないと、熊野落の雨を含める孤村の樹の情調も出ない。寿永の嵐に散り行く平家一門の末路も哀れを割引されよう。それほど、これは、私たちの語感に融けこんでいるのである。

芝居道では暮れ六つは「こーん」で、明け六つは「ごーん」であるという。いつぞや私の放送を聞きそこねた畑耕一君が、わざわざ岡本綺堂さんからの口伝だと、これを説法して来たので、急ぎ原稿を切り抜いて、この通りだと逆襲した喜劇などもある。

私一個でも年ごろ聞いた鐘の音の思い出は綿々として尽きない。

春陰の大仏の昼の鐘、夕陽の入江を渡って来た紀三井寺の入相の鐘、拙堂の名文からわざわざ聴きに登った笠置寺の黄鐘調《おうしきちょう》の鐘、高野の僧房で晨朝の勤行へ渡廊下を踏んだ時の六時の鐘、ラジオで聞いた蘇州寒山寺の鐘。

目白の鐘では、子規居士の、秋の暮に銭を乞い歩く鐘撞き男を詠んだ句に俳句の眼を開かれたし、藤棚に噴水のある精養軒の涼亭で、暮れなずむ不忍の池光にビールの微醺の眼を細めている時、耳もと近く撞き出す鐘に驚かされたこと、遠い金華山の山鳥ノ渡で二十六町の潮騒《しおざい》の瀬戸を越え山の上の梵鐘の音を送って船を呼んでくれたことなども、忘れられない。

その私も漸く「老いらくの寝覚めほどふる古へを、今思ひ寐《ね》の夢だにも涙ごころの淋しさにこの鐘のつくづくと」、謡曲『三井寺』の名句を明け遅ひ寝覚めの枕につぶやくようになった自分に心づく。しかし、近くの菩提寺の鐘も戦争のためとあってとうに鋳つぶされ、夜半の枕にはおろか、時雨日和の黄昏に響いて来る口ぐもり声も永久に消えてしまった。

露伴先生ではないが、僕亦饒舌せり矣。

## 二

釣鐘星という星の群れがある。西名はヒヤデス星団で、そのV字形を鐘の形に見立てたもの、佐渡では撞き鐘星という。

大晦日の夜更け、外には、すばる星が天頂に、釣鐘星がその真下に霜に冴えている頃、まだ電燈がかんかん輝き、家人が元朝の支度に忙しい茶の間で、年忘れの小勝の放送などを聞きながら、熱い蕎麦をすっていると、やがてそれが、京の洛中洛外で撞き鳴らす百八煩悩の鐘の音とかわり、気がつけばいつの間にか菩提寺の鐘もおんもりと聞えている。思い出の除夜である。

まだ戦争の間に星の弟子から『鼓村襍記《こそんしゅうき》』という珍しい本を贈られた。恵比須さまのようだった鈴木鼓村さんの遺著だが、「鐘の音」という一篇は京洛の鐘の音を叙したもので、特に私は愛読している。知らない人たちのために、ここにその要領をかい摘んでみる。

——

桜時の入相は、西山からの余照で花がまだ明るい頃、清水の舞台の花見の雑沓から離れて、子安の塔の北の捨石に腰を下ろして聞くがいい。

智恩院の御忌の鐘は、夜のしらじら明け、東山一帯が靄の裾を縁どり、加茂の水が紫に、三条の橋板に早い車のわだちが轟き出す頃、上木屋町あたりの水に沿うた欄干で聞くがいい。

黒谷の初夜を告げる鐘は、吉野桜の咲き誇る枝が、鼓を打っている家の籬から覗き、歩くでもなく歩かぬでもなく、朧夜の辻を曲ろうとする時などに鳴って来る。老人でも恋をしたくなるくらいな音色である。

法然院の初更の鐘は、薄月が大文字の峯を弓たけほど離れ、鹿ケ谷一帯に灯がちらつき、遠蛙の声が聞え、庭前に梨の花がほろほろと散り、足袋なしの足の裏に畳ざわりも快い行く春の夜、暗い若葉の奥から聞えて来る。

相国寺の入相は長雨のうっとうしい梅雨どき、豆腐屋のラッパも辛気くさそうに隣町に消えて行く頃、佗しく響いて来る。

南禅寺の入相は、晩秋の夕映が愛宕の肩に消え、大比叡の一角のみが照り映えているのに、北山のどこかが時雨に煙っている頃、銀杏の葉が黄いろくこぼれている破れ築地塀の下を行くと、やや黒みがかった松林の中から、ぼーんと鳴って来る。

永観堂の黄鐘《おうしき》は、夕方丸太橋の辺でちらつき出した雪が僅かの間に積り積って、磧も早や白く川千鳥がちちちちと啼く三本木あたり、昆布をしとねとした京の湯豆腐で一杯やりながら聞くがいい。

音柄をいえば、上嵯峨は化野《あだしの》の念仏寺の寒に凍てつくような暁の鐘、また山科御坊の春浅の朝の鐘か。さて何はおいても京洛の誇りは、除夜に寺々の撞き鳴らす鐘の諸声《もろごえ》でもあろう。……

私は屢々この短い随筆を読み返しては、曽て訪ねたことのある京の名刹や町々の俤《おもかげ》を記憶の底からあすここと浮び上がらせては、ひとり楽しんでいる。去年（二十年）の除夜にも京の鐘の音を放送していたが、私は聞きそこねた。こういう寺々の無残にも鋳つぶされた名鐘の中の、どれが残って撞かれたことだろうか。
ともかくも思い出の除夜である。私はまた星の句でこの稿を結ぼう。

道のよき年の暮こそ目出たけれ　酒堂

星はらはらと三俣の潮　敬之

そして、一夜明くれば、

春立や星の中から松の色　鬼貫

# あとがき

『星戀』は、戦後のまっ暗な気分をせめて星で晴らそうと、その随筆を書きつづけている間にこれに山口誓子氏の星の名句を四、五お借りすることができたらと思いついたのが発端で生まれた。

誓子さんは、私という未知の一読者の願いを快く容れられたばかりか、従来の星の句のすべてと、未発表の作をも下さるということで、私は思いがけない幸運に一時は茫然となった。そこで、これまでのプランを捨てて、俳句——山口誓子、随筆——野尻抱影という新案で行くことに決めた。そして久しく温めていた、やや気恥しい『星戀』の名も同意していただけた。

やがて誓子さんからは、作の日附けと場所をも添えた全句のカードが速達でとどく。新作毎に美しい筆蹟の句箋が来る。私はそれを月々にアレンジしながら、それと対照する随想を書いて行く。その楽しさといったら、お蔭で稀有のつらい冬も忘れて、春を迎えることができた。

神風や伊勢の初だよりには、

星戀のまたひととせのはじめの夜

初春といひていつもの天の星

の句が、蓬萊の空に慶星が輝く絵封筒でとどいて、私はこの甘美に酔いながら、遠く誓子さんに祝杯を献げた。

『星戀』は初め鎌倉書房から、長谷川社長と宍戸儀一氏のご厚意で本となり、版をも重ねた。もちろん、これが誓子の星の全句集であるためで、抱影の随筆は、羊肉に抱き合わせた狗肉みたいなものだろう。

それが茲に中央公論新書に選ばれたことは、私たちの深い喜びで、私には再び誓子さんとの友交を記念するものとなった。この新版のため、氏は『天狼』主宰以来の作約五十句を加え、私も亦せめて文にペンを入れたり、新しい章を加えてみたが、その間にも八年を隔てた跡を見返り、世相の激しい変化をも思って、さすがに感慨に打たれた。

終りに、この出版を認められた鎌倉書房に厚くお礼を申しあげる。

附記　俳句の中で一字下げに組んだ句は、その連作又は同時の作から抜いたもので、主句の鑑賞に資するためである。

昭和二十九年入梅の日

東都世田谷　星池居にて

野尻抱影

# 『星戀』以後

天牛《てんぎゅう》の通りか焦げて春日さす

空を飛び得て天の川吾等が有

天の川鉄路の欠けの八里ほど

寒月が星座の間《あひだ》明るくす

寒雨降りゐしにオリオン座大犬座

蒸暑くして顚落の北斗星

海を出し寒オリオンの滴れり

汽笛呼びかく夜の島よ寒星よ

燈《ひ》を持たず来し堂塔の天の川

花の上北《きた》十字星十字切る

大星の龕《がん》燈《どう》年の初めの夜

月よりも上空を飛ぶ白鳥座

カシオペヤ天鉾を立つ御遷宮
御遷宮萬代守護の白鳥座
星の散螢火の散天と地に
月に侍し一等星も光増す

# 随筆　星

山口誓子

外国文学を私は翻訳で読みます。語学に自信がありませんので、原文では読めません。昔、私が会社に勤めておりました頃、川田順さんが上役でしたので、よく御馳走を招ばれながら文学談を拝聴したものです。

シェクスピヤ専門の川田さんは私に「シェクスピヤを読め」と云われました。私は「ハムレットを翻訳で読みました」と云うと、「それはいかん、原文で読まなければいかん」とたしなめられました。

そこへもう一人、文学を解するひとが現れて席に加わりました。ビールの酔いに顔の紅くなられた川田さんは、そのひとに「山口君はねえ君、シェクスピヤを翻訳で読むんだそうだ」と云われました。私はただただ恐縮するばかりでした。

私はシェクスピヤのみならず、外国文学はみな翻訳で読みます。

私は小山清さんの「聖アンデルセン」という小説が好きです、それは外国の小説そっくりの感じがします。

それは小山さんが、「デンマークのシェクスピヤ」と云われたアンデルセンになりすましているからです。まるで小山さんがデンマーク語で小説を書いて、それを日本語に翻訳したような感じなのです。

その「聖アンデルセン」という小説の中に「ああ、アンデルセンって、羨ましい奴だ、僕には、天界に彼のためにとてもいい星座が設けられているような気がする」という言葉があります。星座が予約されているというのです。

その星座は、アンデルセンが、登って行って腰を掛ける椅子のようなものでしょうか、それとも天上の墓のようなものでしょうか。その言葉はヘルツというデンマーク人の喋舌《しゃべ》ったことになっていますがそれにはほんとはヘルツが云った言葉でなくアンデルセンが何かに書いている言葉かも知れません。私はそう思って、アンデルセンの「絵のない絵本」を調べて見ました。その本は誰もが知っているように三十三夜の月の物語ですが、その中にはその言葉は見つかりませんでした。私はその言葉をどこまでも探そうと思って「即興詩人」も調べて見ました。それは森鷗外の翻訳ではなく、デンマーク語から直接翻訳されたものでしたが、半分まで読みすすんでもその言葉は見つかりませんでした。ひょっとして後の半分に出て来るかも知れぬと又一生懸命に読みすすみましたが、そこにも見つかりませんでした。

そうすると、それはアンデルセンの言葉ではなくて、作者の小山さんの言葉かも知れません。この作者の人柄は天界に自分の星座を設けたいというそういうほのぼのとした望みをいだく詩人のように思われますから、それは作者の小山さんの言葉かも知れません。

俳句を作って、星に深い興味を持っております私は、天界に自分の星座を設けたいなどと思ったことは一度もありません、しかし秋の夜空に出揃った無数の星を仰いでおりますと、これだけ沢山の星があるのだから、その中にはきっと自分を支配する星があるにちがいない、と思うことがあります。私はそれを俳句に作りました。

露けき身いかなる星の司さどる

「露けき身」というのは、夜露に濡れた地上の私です。その私をどの星が司さどり給うかというのです。吾身を司さどる星のあることを心の底に信じつつ、さてどの星が司さどり給うかと問いかけているのです。選ぶのは星の方で、司さどられる私に何の選択権もありませんが、若し私自身で、自分を司さどる星を選べと言われれば、私は躊躇なくスバルを選びましょう。

スバルは冬の星ですが、この頃でも遅くなってから東の空に出て来ます。牡牛座の背中の瘤のところにある星で、六つの星が一かたまりになっています。肉眼で見ますと、それ等の星と星との間が茫と青白んで、その為めに全体が茫と青白んで見えます。それでいて、その中にいくつかの星のある事がかすかにわかります。スバルはそんな星なのです。私はそういうスバルを

茫 と 見 え 又 ひ と つ づ つ 寒 昴

と詠い

暗 き 雁 暗 き 昴 を 見 て 帰 る

とも詠い

昴星楼閣のごとしぐれけり

とも詠いました。「茫と見え」と言い、「暗き昴」と云い、「楼閣のごとく」と云いましたのは、スバルを肉眼で見たままを詠ったのです。

私の星の教師である野尻抱影先生はそういうスバルを「霧をふいた蛍籠」にたとえておられます。

私は、ついこないだ、七倍半の双眼鏡を両眼にぴったりあててスバルを眺めました。すると六つの星の一粒一粒が実にはっきりと見別けられました。

若くして死んだ小説家の中島敦さんがその小説の中で、「玻璃器に凍りついた水滴のようなすばる」と書いておりましたが、そのスバルは私が双眼鏡で眺めたスバルにそっくりです。

しかし私はそのような、理に落ちたはっきり、割りきってしまった、味気ないスバルよりも、野尻先生が「霧をふいた蛍籠」と形容されたスバルの方を愛します。

そのスバルを双眼鏡で眺めた同じ晩のことでしたが、しばらく時が経って、スバルの左下の方から、明るい星が出て来ました。何という星なのか見当がつかず、私はただその明るい星を見ておりました。その星はすこし高く上ると、その光の影を海の上に長く白く投げかけました。

その影はまるで白い洋装をした女性が、憂えつつ、海の際に立っているように見えました。そしてその女性はいまにも足を踏み出して、海の上を渡るのではないかと思われました。

しかしその星も高く上ってしまうと、もう海の上に光の影を投ずることを止めましたので海の際に立ち尽していた白い洋装の女性もいつしか姿を消してしまいました。

そしてその星の下からオリオンの一角が鋭く現れて来ているのが眼にとまりました。

私は家に入って「理科年表」をひもどいてその時刻に出ている明るい星が木星であることをたしかめました。

時が経って、私はもう一度外に出て見ました。オリオン星座の、左へ傾いた四角形はすでに地上を離れています。私は見るたびにこの星座を惚々と眺めます。

私はいままでにオリオンの俳句をいくつも作りましたが、その内、自分では

寒き夜のオリオンに杖挿し入れむ

がいちばん好きなのです。

「杖」というのは私が散歩に携えているステッキです。夜空に照りかがやく四つの星がはっきり四角形をなしているのを見ましたとき、私は思わず、その中へステッキを挿し込んで、掻きまわしたい衝動に駆られました。そんな子供のような悪戯がして見たくなりましたのは、その四角形が水を湛えた水槽のように思われたからです。

しかし、オリオン星座のあの四角形は人間の眼にそう見えるだけで、四つの星が同じ平面の上に並んでいる訳ではありますまい。お互いが遠い遠い間隔を以て距り、てんでんに存在しているにちがいありません。

そんなことを考えますと、宇宙というものが実に得体の知れぬものであることを思わずにはいられないのです。

まして、私達の宇宙と同じような宇宙が他にどのくらいあるかわからないそうですね、そんなことを聞かされると、私は気が狂いそうになります。

牡牛座のスバルの下からオリオン座が出て来ますと、やがてその左下から大犬座が出て来る筈です。

オリオンは猟師ということになっていますが、大犬はそれについて来る猟犬なのです。

私はそれ等の星を

# 寒昴猟夫その犬といふ順序に

という極めて散文的な俳句に詠い込めたことがあります。

だいぶ夜が更けましたので、私は大犬座の出て来るのを待たずに寝ることにしました。

それから日が経って、私は海べりの家で、台風第十三号に遭遇しました。夕方の五時には台風に押された高潮が私の家に向って襲来し、家をとり囲みましたので、私達は、家を放棄して町の方へ逃れようとしました。しかし妻は強い雨風の中を私ほど歩けませんので、私は町の方へ逃れることを断念して、海の反対側の、土堤下の家でしたが二階のある家に駆け込んでそこで身を全うしようとしました。そこの家は間もなく、床上浸水をはじめましたけれど、そんなに増水せず、私達はそこの二階で命拾いをしました。その夜、三時半頃、家の様子を見ようとその家を出ますと、すごい月夜で、直ぐ眼の前に大犬座のシリウスが煌々とかがやき、その上にオリオン星座が勿体ないくらい美しく見えました。このときくらい美しい大犬座とオリオン星座を見たことは私の一生にありませんでした。

海岸へ出て家を見ますと、雨戸は一枚もなく、家の中のものは殆ど流失していました。それが月光にはっきり見えました。

家にとどまっていたら、又、うろうろと町の方へ歩いていたら、私達は波にさらわれて、行方不明になったと思います。恐いことでした。

（『天狼』昭和二十九年二月号）

今日の歴史・人権意識に照らして不適切な語句や表現も見られますが、作品の価値に鑑み、また著者が他界しているため、原文のままと致しました。

『星戀』（一九五四年七月　中央公論社刊）を底本に致しましたが、一部、『定本　星戀』（一九八六年九月　深夜叢書社刊）を参考にさせていただきました。

なお随筆「星」は、『山口誓子全集　第九巻』（一九七七年八月　明治書院刊）を底本に致しました。

編集協力　米田恵子（神戸大学山口誓子記念館）

中公文庫

# 星《ほし》戀《こい》


2017年7月25日　初版発行

著　者　野《の》尻《じり》抱《ほう》影《えい》
　　　　山《やま》口《ぐち》誓《せい》子《し》

発行者　大橋善光

発行所　中央公論新社
〒100-8152　東京都千代田区大手町1-7-1
電話　販売 03-5299-1730　編集 03-5299-1890
URL http://www.chuko.co.jp/

DTP　嵐下英治
印　刷　三晃印刷
製　本　小泉製本




Published by CHUOKORON-SHINSHA, INC.
Printed in Japan　ISBN978-4-12-206434-8 C1195

# 中公文庫既刊より

各書目の下段の数字はISBNコードです。978－4－12が省略してあります。

の-4-4
星三百六十五夜 春　野尻抱影
浮き立つような春の夜空に輝く幾千の星。そこに展開する幾多の心模様……。九十一年間、星を愛しつづけた詩人から星を愛する人達への贈り物。春篇。
204172-1

の-4-5
星三百六十五夜 夏　野尻抱影
夏の夜に怪しく光る赤いアンタレス。そして銀河を巡る幾多の伝説。九十一年間、星を愛しつづけた詩人から星を愛する人達への贈り物。夏篇。
204213-1

の-4-6
星三百六十五夜 秋　野尻抱影
夜空の星に心込めて近づくとき、星はその人の人生の苦楽を共にしてくれる。九十一年の生涯を星を愛しつづけた詩人の、星を愛する人たちへの贈り物。秋篇。
204076-2

の-4-7
星三百六十五夜 冬　野尻抱影
しんと冷えた冬の夜空に輝き渡る満天の星。澄み渡った夜空の美しさ……。九十一年の生涯を星を愛しつづけた詩人から星を愛する人達への贈り物。冬篇。
204127-1

の-4-11
新星座巡礼　野尻抱影
日本の夜空を周る約五十の星座を、月をおって巡礼する、著者の代表的天文エッセイ。大正十四年に刊行された処女作をもとに全面的に改稿した作品。
204128-8

く-7-16
茜に燃ゆ 小説額田王(上)　黒岩重吾
大化改新後の飛鳥。富国強兵に心血を注ぐ中大兄皇子と弟大海人皇子の前に、すみれの花の匂いとともに、黒眼がちの額田王が現れ、皇子を恋に陥れた。
202121-1

く-7-17
茜に燃ゆ 小説額田王(下)　黒岩重吾
壬申の乱に至る訌争で、天智は弟から額田王を奪う。両帝の妃という数奇にあってなお、誇り高く生きた万葉歌人の境涯を描く長篇。〈解説〉佐古和枝
202122-8

く-7-19
天の川の太陽（上）
黒岩重吾
大化の改新後、政権を保持する兄天智天皇の都で次第に疎外される皇太弟大海人皇子。古代日本を震撼させた未曾有の大乱を雄渾な筆致で活写する小説壬申の乱。
202577-6

く-7-20
天の川の太陽（下）
黒岩重吾
大海人皇子はついに立った。東国から怒濤のような大軍が近江の都に迫り、各地で朝廷軍との戦いが始まる……。吉川英治文学賞受賞作。〈解説〉尾崎秀樹
202578-3

く-7-22
斑鳩王《いかるがおう》の慟哭《どうこく》
黒岩重吾
推古女帝との確執のはてに聖徳太子は晩年をむかえる。蘇我一族との対立と、上宮王家滅亡の謎を鮮かに解いた黒岩古代史小説の巨篇。〈解説〉清原康正
203239-2

く-20-2
犬
クラフト・エヴィング商會
川端康成／幸田文他
ときに人に寄り添い、あるときは深い印象を残して通り過ぎていった名犬、番犬、野良犬たち。彼らと出会い、心動かされた作家たちの幻の随筆集。
205244-4

サ-7-1
星の王子さま
サンテグジュペリ
小島俊明訳
砂漠に不時着した飛行士が出会ったのは、ほかの星からやってきた王子さまだった。永遠の名作を、カラー挿絵とともに原作の素顔を伝える新訳でおくる。
204665-8

し-6-27
韃靼《だったん》疾風録（上）
司馬遼太郎
九州平戸島に漂着した韃靼公主を送って、謎多いその故国に赴く平戸武士桂庄助の前途に待ちかまえていたものは。東アジアの海陸に展開される雄大なロマン。
201771-9

し-6-28
韃靼疾風録（下）
司馬遼太郎
文明が衰退した明とそれに挑戦する女真との間に激しい攻防戦が始まった。韃靼公主アビアと平戸武士桂庄助を軸にした壮大な歴史ロマン。大佛次郎賞受賞作。
201772-6

し-6-29
微光のなかの宇宙 私の美術観
司馬遼太郎
密教美術、空海、八大山人、ゴッホ、須田国太郎、八木一夫、三岸節子、須田剋太——独自の世界形成に至る軌跡とその魅力を綴った珠玉の美術随想集。
201850-1

各書目の下段の数字はISBNコードです。978-4-12が省略してあります。

し-9-7
**三島由紀夫おぼえがき**　澁澤龍彥
絶対と相対、生と死、精神と肉体——様々な観念を表裏一体とする激しい二元論に生きた天才三島由紀夫。親しくそして本質的な理解者による論考。
201377-3

た-13-1
**富士**　武田泰淳
悠揚たる富士に見おろされた精神病院を題材に、人間の狂気と正常の謎にいどみ、深い人間哲学をくりひろげる武田文学の最高傑作。〈解説〉斎藤茂太
200021-6

た-13-3
**目まいのする散歩**　武田泰淳
近隣への散歩、ソビエトへの散歩が、いつしか時空を超えて読む者の胸中深く入りこみ、生の本質と意味を明かす野間文芸賞受賞作。〈解説〉後藤明生
200534-1

た-13-5
**十三《シイサン》妹《メイ》**　武田泰淳
強くて美貌でしっかり者。女賊として名を轟かせた十三妹は、良家の奥方に落ち着いたはずだったが……中国古典に取材した痛快新聞小説。〈解説〉田中芳樹
204020-5

た-13-6
**ニセ札つかいの手記**　武田泰淳異色短篇集　武田泰淳
表題作のほか「白昼の通り魔」「空間の犯罪」など、独特のユーモアと視覚に支えられた七作を収録。戦後文学の旗手、再発見につながる短篇集。
205683-1

た-13-7
**淫女と豪傑**　武田泰淳中国小説集　武田泰淳
中国古典への耽溺、大陸風景への深い愛着から生まれた、血と官能に満ちた淫女・豪傑の物語。評論一篇を含む九作を収録。〈解説〉高崎俊夫
205744-9

た-15-4
**犬が星見た**　ロシア旅行　武田百合子
生涯最後の旅を予感した夫武田泰淳とその友竹内好に同行し、旅中の出来事や風物を生き生きと捉え克明に描く。読売文学賞受賞作。〈解説〉色川武大
200894-6

た-15-5
**日日雑記**　武田百合子
天性の無垢な芸術者が、身辺の出来事や日日の想いを、時には繊細な感性で、時には大胆な発想で、心の赴くままに綴ったエッセイ集。〈解説〉巖谷國士
202796-1

た-15-6
富士日記（上）
武田百合子
夫泰淳と過ごした富士山麓での十三年間の日々を、澄明な目と天性の無垢な心で克明にとらえ天衣無縫な文体でうつし出した日記文学の傑作。田村俊子賞受賞作。
202841-8

た-15-7
富士日記（中）
武田百合子
天性の芸術者である著者が、一瞬一瞬の生を特異な感性でとらえ、また昭和期を代表する質実な生活をあますところなく克明に記録した日記文学の傑作。
202854-8

た-15-8
富士日記（下）
武田百合子
夫武田泰淳の取材旅行に同行したり口述筆記をする傍ら、特異の発想と表現の絶妙なハーモニーで暮らしの中の生を鮮明に浮き彫りにする。〈解説〉水上　勉
202873-9

た-80-1
犬の足あと猫のひげ
武田　花
天気のいい日は撮影旅行に。出かけた先ででくわした奇妙な出来事、好きな風景、そして思い出すことどもを自在に綴る撮影日記。写真二十余点も収録。
205285-7

つ-3-1
背教者ユリアヌス（上）
辻　邦生
ローマ皇帝の家門に生れながら、血を血で洗う争いに幽閉の日々を送る若き日のユリアヌス……。毎日芸術賞に輝く記念碑的大作。
200164-0

つ-3-2
背教者ユリアヌス（中）
辻　邦生
汚れなき青年の魂にひたむきな愛の手を差しのべる皇后エウセビア。真摯な学徒の生活も束の間、副帝に擁立されたユリアヌスは反乱のガリアの地に赴く。
200175-6

つ-3-3
背教者ユリアヌス（下）
辻　邦生
ペルシア兵の槍にたおれたユリアヌスは、皇帝旗に包まれメソポタミアの砂漠へと消えていく。悲劇の皇帝の数奇な生涯を雄大な構想で描破。〈解説〉篠田一士
200183-1

つ-3-8
嵯峨野明月記
辻　邦生
変転きわまりない戦国の世の対極として、永遠の美を求め〈嵯峨本〉作成にかけた光悦・宗達・素庵の献身と情熱と執念。壮大な歴史長篇。〈解説〉菅野昭正
201737-5

各書目の下段の数字はISBNコードです。978－4－12が省略してあります。

つ-3-16
美しい夏の行方 イタリア、シチリアの旅
辻 邦生
堀本洋一 写真
光と陶酔があふれる広場、通り、カフェ……ローマからアッシジ、シエナそしてシチリアへ、美と祝祭の国の町々を巡る甘美なる旅の思い出。カラー写真27点。
203458-7

つ-3-20
春の戴冠1
辻 邦生
メディチ家の恩顧のもと、花の盛りを迎えたフィオレンツァの春を生きたボッティチェルリの生涯――壮大にして流麗な歴史絵巻、待望の文庫化！
205016-7

つ-3-21
春の戴冠2
辻 邦生
悲劇的ゆえに美しいメディチ家のジュリアーノと美しきシモネッタの禁じられた恋。ボッティチェルリは彼らを題材に神話のシーンを描くのだった――。
204994-9

つ-3-22
春の戴冠3
辻 邦生
メディチ家の経済的破綻が始まり、フィオレンツァの春は、爛熟の様相を呈してきた――永遠の美を求めるボッティチェルリと彼を見つめる「私」は。
205043-3

つ-3-23
春の戴冠4
辻 邦生
美しいシモネッタの死に続く復活祭襲撃事件……。ボッティチェルリの生涯とルネサンスの春を描いた長篇歴史ロマン堂々完結。〈解説〉小佐野重利
205063-1

つ-3-24
生きて愛するために
辻 邦生
愛や、恋や、そして友情――生きることの素晴らしさ、人の心のよりどころを求めつづけた著者が、半年の病のあと初めてつづった、心をうつ名エッセイ。〈解説〉中条省平
205255-0

ト-6-1
犬の行動学
トルムラー
渡辺 格 訳
愛犬との生活で過ちをおかさないために――人類の最高のパートナーの知られざる本質を探り、自然の理にかなった真にすこやかな共存の形を提案する。
203932-2

な-66-1
中国書人伝
中田勇次郎 編
王羲之より始まり古今に冠絶する二十九家を選び、その生涯を明らかにする。貝塚茂樹、井上靖ほか、作家碩学による中国書人の伝記。詳細な年譜を付す。
206148-4

な-66-2
日本書人伝
中田勇次郎編
三筆三跡をはじめ名筆十九家を選び、その生涯をたどる。司馬遼太郎、永井路子、辻邦生ほか、作家と碩学による文学的評伝。巻末に詳細な年譜を付す。
206163-7

は-61-1
ブルー・ローズ（上）
馳星周
青い薔薇――それはありえない真実。優雅なセレブたちの秘密に踏み込んだ元刑事の徳永。身も心も苛む、背徳の官能の果てに見えたものとは？ 新たなる馳ノワール誕生！
205206-2

は-61-2
ブルー・ローズ（下）
馳星周
すべての代償は、死で贖え！ 秘密SMクラブ、公安警察との暗闘、葬り去られる殺人……。理不尽な現実に、警察組織に絶望した男の復讐が始まる。
205207-9

は-65-1
俳句の宇宙
長谷川櫂
十七文字という短い言葉以前に成立する「場」に注目した、現代俳句を考える上で欠くことができない記念碑的著作。サントリー学芸賞受賞。〈解説〉三浦雅士
205814-9

ひ-6-7
南総里見八犬伝
平岩弓枝文
佐多芳郎画
美女伏姫の体から飛び散った八つの霊玉を持って生まれた八犬士と、希代の悪人、毒婦たちの死闘。馬琴の傑作を流麗な現代語に甦らせた鮮かな絵草紙。
202415-1

ひ-21-12
風景を見る犬
樋口有介
高校生最後の夏休み。香太郎は次々と出会う美女たちに翻弄されながらも、悲しい事件の結末を風景として見つめつづける――。〈解説〉若林踏
206290-0

ふ-18-5
流れる星は生きている
藤原てい
昭和二十年八月、ソ連参戦の夜、夫と引き裂かれた妻と愛児三人の壮絶なる脱出行が始まった。敗戦下の苦難に耐えて生き抜いた一人の女性の厳粛な記録。
204063-2

む-4-10
犬の人生
マーク・ストランド
村上春樹訳
「僕は以前は犬だったんだよ」……とことんオフビートで限りなく繊細。村上春樹が見出した、アメリカ現代詩界を代表する詩人の異色の処女〈小説集〉。
203928-5